La Cendrillon des mers

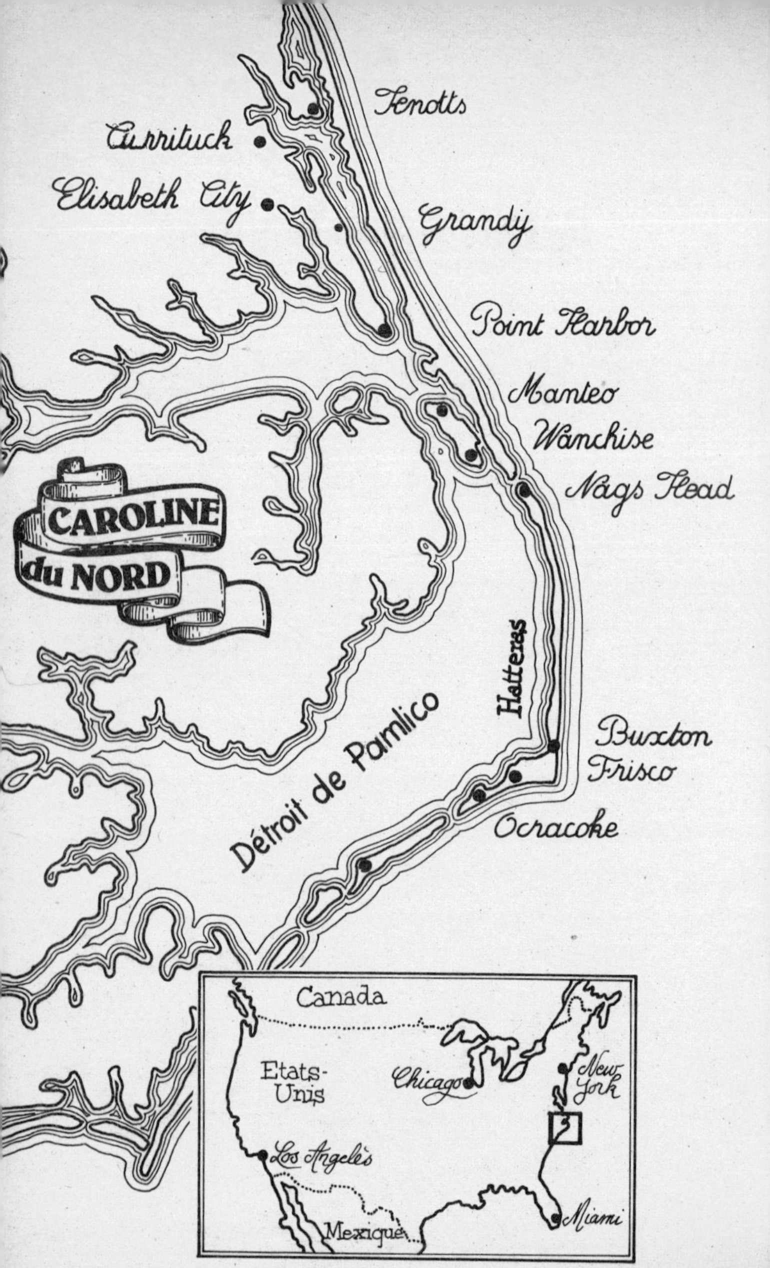
Knotts
Currituck
Elisabeth City
Grandy
Point Harbor
Manteo
Wanchise
Nags Head
CAROLINE du NORD
Hatteras
Buxton
Frisco
Ocracoke
Détroit de Pamlico
Canada
Etats-Unis
Chicago
New York
Los Angelès
Miami
Mexique

DIXIE BROWNING

La Cendrillon des mers

Duo
Le temps d'un livre
Le temps d'un rêve

Titre original : *Tumbled Wall*

Originally published by SILHOUETTE BOOKS
a Simon & Schuster division of Gulf
& Western Corporation, New York

Traduction française de : Mathieu Lucas

31, rue de Tournon, 75006 Paris

1

Lyle arrivait aux abords d'Oregon Inlet Bridge. En dépit de sa peur, amplement justifiée, de la vitesse, elle avait roulé à une moyenne fort honorable.

Elle ralentit pour admirer à son aise le panorama de l'île Hatteras qui surgissait devant ses yeux pour la première fois. Enfin, elle touchait au but! Elle connaissait depuis toujours les liens familiaux qui unissaient sa mère à cette si belle région des Outer Banks, mais ne s'attendait pas à ressentir un tel choc devant ce paysage.

Pour elle, ce voyage était une aventure. N'avait-elle pas commis une erreur en s'y lançant dans de telles conditions? Cette question la harcelait tandis que sa vieille Volkswagen, accélérateur au plancher, franchissait allègrement le pont qui surplombe le détroit. Fille unique de parents illustres, son enfance avait été ballottée de pension en colonie de vacances, de colonie de vacances en quelque autre résidence qu'on lui assignait pour se débarrasser d'elle. Mais toujours, au cours de sa vie errante, elle avait senti en son cœur comme une nostalgie, un fil ténu qui l'unissait à ces îles battues par le vent du large.

En réponse à une offre d'emploi, elle avait donc écrit un jour à un hebdomadaire de la région. Elle avait fourni une masse de photos mais s'était bien gardée de mentionner son appartenance à la famille Durant. Durant était le nom de sa mère, qui l'avait d'ailleurs conservé pour sa carrière artistique.

Oh, mon Dieu! aujourd'hui encore elle ne pouvait croire à ce qui lui était arrivé. Lyle approchait de ses vingt et un ans. Jusqu'à présent, elle avait toujours vécu avec ses parents. Le vilain petit canard maladroit qu'elle était faisait d'ailleurs une ombre au tableau de ce couple magnifique et célèbre de pianistes virtuoses. Et voilà que, l'été dernier, pendant un de ces trop rares moments qu'ils passaient en famille – le premier depuis si longtemps! – un effroyable accident de voiture, en un éclair, avait tout anéanti.

Une semaine plus tard, à l'hôpital, Lyle reprenait conscience. Elle était seule dans la vie désormais. Pas tout à fait pourtant : Stan Merrill était resté près d'elle pendant toute sa convalescence. Il se donnait l'air de l'aimer pour elle-même, mais elle ne s'était jamais fait d'illusions sur les motifs réels de son attachement : un jeune journaliste qui avait l'aubaine de rencontrer le fabuleux duo « Camden et Durant » accompagné de leur fille, jeune personne aux cheveux carotte, couverte de taches de rousseur, ne pouvait avoir qu'une raison et une seule pour fréquenter celle-ci avec tant d'assiduité : son intérêt professionnel.

D'ailleurs Lyle avait l'habitude de ce genre de situation. Lorsqu'elle faisait allusion à ses parents, elle était toujours accueillie par des rires incrédules ou des sarcasmes. On l'accusait volontiers de vantardise et de mensonge. Alors, elle s'était accoutumée à n'en plus parler. Elle avait grandi ainsi derrière un mur de secrets, jugulant son tempérament fougueux, dissimulant sa nature de feu sous une excessive froideur.

Cette fois encore, elle n'avait dit ni qui elle était ni les vraies raisons pour lesquelles elle souhaitait obtenir cet emploi. Elle avait donné le nom de son père : Camden. « Lyle Camden », cela ne dirait certainement rien à sa future patronne, Hestoria Durant. Lyle espérait se montrer à la hauteur de ses multiples fonctions de secrétaire-dactylographe-dame-de-compagnie au foyer des deux vieilles demoiselles qui avaient accepté ses services. Elle aurait ainsi la joie secrète de vivre en famille... Car il était impossible qu'il n'y ait pas un lien quelconque de parenté entre elle et Hestoria Durant. Et Lyle avait tant besoin d'un peu de chaleur affectueuse...

Elle boutonna le col de son cardigan gris. Pour faire table rase du passé, elle avait laissé à Carol, sa meilleure amie, toute sa coûteuse garde-robe, ainsi que ses bottes et ses jeans. Ces vêtements auraient pu éveiller la méfiance. Pourquoi une fille jeune, et qui n'était pas dans la gêne, seraitelle venue, pour un salaire dérisoire, se mettre au service d'une vieille dame dans un coin perdu comme Frisco? D'ailleurs, depuis l'accident, plus rien ne lui allait. Elle avait terriblement maigri pendant son séjour à l'hôpital. Carol lui avait affirmé que cette maigreur lui donnait une beauté nouvelle : ses joues creuses révélaient, paraît-il, la délicate finesse de ses traits. Mais Lyle avait entendu trop de commentaires désobligeants à propos de sa beauté pour ajouter foi à de pareils compliments.

Une sorte d'exaltation montait en elle tandis qu'elle roulait le long des immenses plages de sable, entre la rade de Pamlico Sound et l'Atlantique. Elle pensait en souriant au salaire ridicule qu'on lui avait offert : Hestoria Durant vivait visiblement dans le passé. Mais après tout, ses compétences à elle, Lyle, ne méritaient guère mieux. Et elle serait nourrie et logée... Car Reade et Julia, ses père et mère, malgré leurs tournées triomphales à travers trois continents, ne lui avaient pas laissé un centime. Les exigences de leur vie de vedettes avaient englouti la totalité de leurs fabuleux cachets...

La nuit commençait à tomber lorsque Lyle quitta la route goudronnée pour prendre un petit sentier sablonneux. Pas une lumière, pas une maison, plus rien que les branchages qui égratignaient les ailes de sa voiture.

Elle avançait toujours, scrutant l'obscurité. Les chênes verts et les pins majestueux, leurs longues barbes de mousse pendant jusqu'au sol, revêtaient dans l'ombre des formes inquiétantes.

Pour un coin désert, difficile de trouver mieux! C'était la première maison sur le sentier, lui avait écrit sa patronne...

Grands dieux! Est-ce que c'était celle-là?

Une bâtisse de bois patinée par les intempéries, un toit de bardeaux se découpant par endroits en robustes pignons aux formes étranges, une charpente couleur de pain d'épice... Et pas la moindre petite lumière pour accueillir la voyageuse. *Knob House*, la maison des Durant, se dressait brutalement sur sa route et semblait la mettre au défi d'approcher.

Lyle coupa le contact. Elle ne s'attendait pas à trouver la maison vide. Elle avait cru comprendre que Hestoria Durant et sa gouvernante ne sortaient pratiquement plus de chez elles. Peut-être n'avaient-elles pas reçu la lettre dans laquelle Lyle s'annonçait pour aujourd'hui? Ah, si seulement elles avaient eu le téléphone, tout cela ne serait pas arrivé!

Se hasardant hors de la zone lumineuse de ses phares vers l'arrière de la maison, Lyle aperçut un carré de lumière jaunâtre. Elle reprit espoir. Elle s'empêtrait dans le sable où ses pieds s'enfonçaient profondément. Dieu merci, il n'y avait pas de chien de garde! S'aventurer ainsi, à la nuit tombée, dans un jardin inconnu pouvait comporter certains risques. Mais, que faire d'autre? Elle avait passé neuf heures d'affilée au volant et la perspective de repartir aussitôt arrivée ne lui souriait pas le moins du monde.

– Ne bougez plus!

Le commandement, lancé par une voix masculine autoritaire, la fit sursauter. Son cœur fit un bond énorme jusque dans sa gorge.

– Qui êtes-vous? Que diable faites-vous ici à une heure pareille?

Elle aperçut une grande silhouette noire qui se dessinait en contre-jour dans la lumière des phares. Dans sa terreur, elle eut l'impression de voir les arbres se rapprocher d'elle et la cerner dans la nuit.

– C'est... C'est bien *Knob House,* la maison des Durant? demanda-t-elle d'une voix étranglée.

– C'est *Knob House,* parfaitement. Qu'est-ce que...

Puis il s'écria, d'un ton stupéfait :

– Pam?... Paméla, c'est toi? Mais comment t'es-tu encore arrangée? Et Hesty qui t'attendait la semaine dernière, petite polissonne!

– Paméla?... répéta machinalement Lyle, à voix basse, avec le sentiment d'être tombée en plein milieu d'un film de Hitchcock dont tout le monde, sauf elle, connaîtrait le scénario.

Une main se tendit vers elle, lui attrapa le menton, lui tourna le visage vers la lumière.

– Tes cheveux... qu'est-ce que tu leur as fait? La dernière fois, tu avais deux nattes en tire-bouchon, un peu jaunâtres. Tu ne vas pas me dire tout de même que tu t'es aventurée dans un salon de coiffure?...

L'homme s'amusait franchement; ce qui eut le don de faire exploser Lyle :

– Oh!... vous... vous... lâchez-moi, espèce de...

Et elle frappait, sans aucun résultat, la main qui lui tenait le menton.

– Allons, allons, calme-toi, mon chou! C'est moi, ton vieil adversaire et complice! Il y a bien cinq ou six ans de cela non? Pas étonnant qu'il y ait eu du changement (Il jeta un coup d'œil appréciateur à la silhouette de Lyle :)... du moins en quelques endroits de ta charmante personne. Mais je reconnaîtrais n'importe où le petit démon qui dégonflait mes pneus et mettait des méduses dans ma baignoire!

Il eut un rire taquin et donna un petit coup de poing amical sous le menton qu'il n'avait pas lâché.

– En tout cas, tu n'as pas perdu ton regard plein de feu, ni le petit menton volontaire des Durant! Quand tu te seras lavé les cheveux, tu retrouveras un visage presque humain.

Lyle, immobile, le regardait, en proie à une colère froide. Quelque part, un chien aboya; un autre, plus loin, lui fit écho.

– Je... je ne sais pas qui vous êtes; j'ignore pour qui vous me prenez, fit-elle, les lèvres serrées. Je ne vous ai jamais vu de ma vie et je...

Il toucha le chignon que Lyle avait si soigneusement construit ce matin pour avoir l'air « sérieuse et vraiment adulte ».

– Mais ce n'est pas seulement la couleur qui est différente! Tes nattes étaient molles : on aurait dit de la matière plastique. Tandis que ça...

Il lui tortillait les cheveux; Lyle tressaillit : il lui faisait mal.

– Ça c'est vivant, terriblement vivant même... Alors... qui êtes-vous et que faites-vous ici?

Le souffle coupé – par la colère, par la peur et peut-être aussi par un autre sentiment difficile à définir, Lyle fit un effort pour répondre :

– Je m'appelle Lyle Camden. Mlle Hestoria Durant m'a engagée comme secrétaire-dactylographe et dame de compagnie.

– Mais comment donc!

– Qu'est-ce que vous voulez dire! C'est la vérité. Pourquoi mettez-vous ma parole en doute?

– Je vais vous dire pourquoi je mets votre parole en doute, petite maraudeuse. Hestoria a quatre-vingt-un ans et elle n'y voit plus rien. C'est exact, elle a décidé d'écrire l'histoire de sa famille, bien qu'il n'y ait plus un seul survivant que ça puisse intéresser. Il ne reste qu'un bourgeon sur l'arbre généalogique : Paméla. Qui d'ailleurs, entre nous soit dit, suffirait largement comme dame de compagnie pour sa grand-tante, si seulement elle consentait à montrer ici le bout de son nez. A votre place, mademoiselle Comdom, j'attendrais avant de défaire mes valises. Vous pourriez bien vous sentir de trop...

– Mon nom est Camden, rectifia Lyle d'un ton sec. Et je ne vois pas en quoi tout cela vous regarde. Si Mlle Durant me dit de m'en aller, je m'en irai. En attendant, gardez donc vos mains et vos commentaires pour vous.

Rouge de colère, le menton agressivement dressé, Lyle faisait de son mieux pour empêcher ses lèvres de trembler : Si elle n'arrivait pas à se tirer de la première difficulté qu'elle rencontrait, que pouvait-elle espérer de l'avenir?

Avec une politesse moqueuse, l'homme s'inclina :

– Je m'appelle Thaddeus Creed, mademoiselle Camden-pas-Comdom. Si vous êtes vraiment décidée à rester, je pense que mon devoir est de vous faire entrer. Hesty et Ethel seront de retour demain matin. Elles avaient rendez-vous chez l'ophtalmologiste à Elisabeth City. Je suis leur plus proche voisin. Nous avons eu dernièrement une invasion de maraudeurs et deux ou trois raids de vandales : voilà pourquoi je surveille un peu les lieux.

Cela expliquait ses soupçons, mais n'excusait en rien sa brutalité. Lyle se disposait à le suivre sans enthousiasme. Il l'arrêta :

– Si vous tenez à votre batterie, vous feriez mieux d'éteindre vos phares. Je vais vous ouvrir par derrière.

– Il... il n'y a vraiment personne?

– Vous avez peur des voleurs?

Lyle ne voyait pas le visage, mais le ton était tout ce qu'il y a de plus agressif.

– Ne soyez pas bête. Je voulais dire simplement... je ferais peut-être mieux d'aller au motel, et de revenir demain.

L'excitation du combat était tombée : elle se sentait maintenant un peu tremblante et douloureusement lasse.

– C'est inutile. D'ailleurs vous auriez sans doute la malchance de tomber sur un pêcheur ivre : à cette heure-ci l'île en est pleine.

Il s'éloigna sans un regard.

A peine franchi le seuil, Lyle inspecta les lieux avec curiosité : c'était vieux, pas très bien tenu. Le vestibule était morne, peu accueillant. Une sorte de monstruosité en bois doré supportait, avec résignation, imperméables, écharpes et parapluies. Les vitres mal fixées des fenêtres, veuves de tout rideau ou tenture, cliquetaient au gré du vent.

Thaddeus Creed déposait auprès d'elle les valises :

– Vos bagages.

Sous le rayonnement de cette puissance qui la dominait, Lyle prit conscience de l'impressionnante stature et perçut le bref coup d'œil que l'homme lui lançait entre ses épais cils noirs. Elle découvrit un nez autoritaire qui semblait avoir été cassé jadis, une mâchoire au dessin énergique, décourageant d'avance toute velléité de revendication. Le personnage paraissait sculpté dans le granit et adouci seulement par une toison sombre, aux mèches éclaircies par le soleil. Mais il n'y avait certainement aucune douceur dans l'éclat métallique de ses yeux couleur noisette.

Se sentant l'objet d'un examen minutieux, il se retourna et la fixa avec insistance; Lyle ne pouvait pas détourner le regard de ce visage aux traits rudes, buriné par les rigueurs du climat marin.

– Vous en avez vu assez?

Sa voix était aussi dure et brutale que sa personne. Lyle battit en retraite :

– C'est que, fit-elle pour s'excuser, après tout, je ne vous connais pas. Pour ce que j'en sais, vous pourriez aussi bien être un cambrioleur!

– Dans ce cas, vous vous seriez mise dans une situation embêtante, hein? Allons, venez, continua-t-il avec impatience, je vais vous trouver une chambre.

Elle essaya de tergiverser :

– Je... je vais dormir quelque part sur un canapé.

– Oh, pour l'amour du ciel! Venez! Je n'ai pas de temps à perdre. (Cela ne semblait plus l'amuser de la taquiner.) Vous ne courez absolument aucun danger avec moi... ni avec aucun autre homme, d'ailleurs.

Lyle ne trouva rien à répondre. Habituée comme elle l'était à ne pas attirer l'attention, elle fut cependant blessée par ce persiflage délibéré.

Quelques heures plus tard, dans son lit, Lyle réfléchissait à l'enchaînement de circonstances qui l'avait conduite ici, dans cette étrange maison, sans même en connaître la propriétaire.

Enfouie sous un édredon qui devait bien peser dans les dix kilos, elle eut la tentation de se lever et de filer à l'anglaise. Elle ne serait pas en peine de trouver un autre travail ailleurs!

Et puis, non, par exemple! Son caractère volcanique de rouquine l'avait menée dans cette impasse : si maintenant elle capitulait, où s'arrêterait-elle? Il fallait tenir jusqu'au bout, ne serait-ce que pour rencontrer au moins une fois celle qui l'avait embauchée et qui, selon toutes probabilités, était une lointaine cousine.

Lyle fut rapidement délivrée de toutes ses appréhensions : Hestoria Durant n'eut pas plutôt enlevé son vieux manteau noir et son chapeau, qu'elle entraînait la jeune fille dans ce qu'elle appelait pompeusement « la bibliothèque » pour commencer à travailler.

Lyle, rougissante, avait accueilli la vieille dame en s'excusant d'avoir profité cavalièrement de son hospitalité en son absence. La réponse fut catégorique :

– C'était la seule chose à faire. Heureusement que Thad s'est trouvé là pour vous faire entrer.

– Je suis heureuse que vous ne soyez pas fâchée, mademoiselle. Vraiment, je ne savais que faire. Il faisait déjà nuit, et j'étais si fatiguée, et M. Creed m'a dit que...

– Appelez-moi Hesty, et mettons-nous au travail.

A la fin de la semaine, Lyle commençait à s'y retrouver un peu dans l'arbre généalogique des Durant. Il était exact que cet arbre n'avait plus guère de branches maintenant. Lyle en était presque certainement un petit rameau, ce qui la remplissait tout à la fois de joie et de confusion.

Il arriva une fois que Lyle sentît peser sur elle le regard de Hesty : elle crut un instant que la vieille demoiselle allait remarquer le fameux menton Durant. Mais ses yeux n'étaient plus capables de discerner des détails de ce genre. Lyle en fut quitte pour la peur.

Ayant appris, dès le premier jour, qu'Ethel ne tolérait aucune intrusion dans ce qu'elle appelait son domaine réservé – confection de plats délicieux, et tentatives faites sans grande conviction pour chasser la poussière, la *mousse* comme elle disait pour les moutons, Lyle organisa son propre plan de travail. Elle passait le plus clair de son temps à trier les vieux journaux entassés depuis des années, tout en prêtant l'oreille à Hesty et à ses récits légèrement acerbes sur les tenants et aboutissants de la famille.

Lyle découvrit avec surprise que Thaddeus Creed était un visiteur assidu. Il arrivait à toute heure, sans être attendu : Lyle n'avait aucun moyen de se soustraire à sa présence sans manquer à la politesse. Elle s'efforçait de s'abriter derrière un mur de froideur, mais elle n'était pas tellement sûre d'avoir envie de l'éviter.

Enfoncé dans un fauteuil, dans une attitude de lion somnolent, il semblait se délecter à la faire enrager. Pendant les premières minutes, Lyle arrivait encore à détourner ses flèches; mais il n'avait de cesse qu'elle ne soit devenue rouge comme une pivoine. Si les mots n'y suffisaient pas, il la regardait tout simplement : son œil perçant et moqueur détaillait avec un amusement visible ses vêtements démodés; au point qu'elle finissait par se demander si elle n'avait pas été un peu loin dans ses efforts pour paraître plus que son âge. Il était malheureusement trop tard pour y penser!

Mais qu'allait-elle chercher là? Comme si ce qu'il pensait d'elle avait la moindre importance! C'était un... comment Carol appelait-elle ça déjà?... un *macho*. Voilà ce qu'il était – grand bien lui fasse! Elle, Lyle, n'était pas attirée par cette virilité agressive. C'est ainsi qu'elle se réconfortait chaque fois qu'il était parvenu à la mettre hors d'elle et à lui faire quitter brusquement la pièce.

Un jour anormalement chaud pour la saison, Lyle, en début d'après-midi, se lava la tête et sortit sécher ses cheveux au soleil. Elle prit la vieille couverture de coton prêtée par Ethel et l'étendit sur le sable, à la lisière d'un petit bois. Comme ses mèches cuivrées recommençaient à boucler, ses paupières se firent de plus en plus lourdes. Engourdie par la douce chaleur de ce soleil d'automne, elle se tourna sur le ventre, releva sa jupe bien haut sur ses cuisses, et s'abandonna au sommeil.

Sa sieste fut soudain perturbée : un petit chatouillis sur la cuisse, une mouche ou une fourmi, sans doute, se promenait sur sa peau nue. D'un geste, elle balaya l'air pour la chasser, sans même ouvrir les yeux et elle se blottit plus profondément dans le sable chaud.

Elle fut tranquille quelques instants. Puis le chatouillis recommença. Les yeux ensommeillés derrière un rideau de cheveux, elle se retourna à demi pour lancer une tape excédée en direction de l'insecte. Mais elle retint son souffle : sa main venait de rencontrer quelque chose de chaud et de solide.

D'un sursaut maladroit, Lyle se mit sur son séant, rabattant sa jupe sur ses genoux.

– Qu'est ce que vous faites ici?

– J'étais en train de me demander si je réussirais à allumer ma pipe à vos cheveux flamboyants, répondit Thaddeus Creed, moqueur.

Lyle, ahurie de sommeil et de soleil, regardait, éberluée, l'homme accroupi devant elle, une brindille à la main. Sans lui laisser le loisir de reprendre ses esprits, il lui demanda si elle était maintenant bien installée.

– Oui, fit-elle, méfiante devant son air suave.

Instinctivement elle se ramassa en boule, les bras autour des genoux.

– Et cela vous plaît? continua-t-il

– Quoi donc? L'île, ou mon travail?

– Disons : les deux.

– Alors, oui pour les deux. Pourquoi?

Toujours sur ses gardes, elle ne le quittait pas de l'œil.

Thaddeus haussa les épaules. Lyle détourna rapidement son regard de la musculature robuste que l'on voyait jouer sous la flanelle usée de la chemise.

– On dirait que je me suis trompé, n'est-ce pas? demanda-t-il après un silence.

– Trompé?

– Oui, en pensant que vous seriez de trop ici. Il semble bien que Paméla ne pourra pas vous remplacer avant quelque temps.

– Elle ne vient pas?

– Oh! elle viendra quand ça lui chantera. Pour l'instant elle est en croisière. Elle cingle vers les Bahamas.

– Hesty ne m'en a pas parlé, fit Lyle, étonnée.

– Elle ignorait encore la nouvelle il y a quelques minutes. C'est moi qui ai le téléphone le plus proche et Pam m'a fait transmettre le message.

– Ah! bon, murmura Lyle.

Elle se sentait toujours mal à l'aise en sa présence, comme si cette virilité affirmée était pour elle une menace. Elle s'écarta un peu. Peine perdue! Il y avait dans ses yeux une lueur d'amusement. Il savait très bien que ses manières la déconcertaient. Il le faisait exprès! Elle ouvrit la bouche pour lui dire qu'elle préférait être seule quand il la devança. Il voulait savoir où en était la rédaction des mémoires.

– Ce ne sont pas des mémoires, corrigea-t-elle aussitôt. C'est l'histoire d'une famille, d'une *vieille* famille; un témoignage d'une grande valeur, quoi que vous en pensiez.

– Ne soyez donc pas toujours sur la défensive comme ça, répondit Thad gentiment. Je n'ai rien contre le côté ancien régime. Mais je me suis toujours demandé comment apparaissaient les *nouvelles* familles. Est-ce qu'elles surgissent par miracle à la surface du globe, par génération spontanée, avec un assortiment complet de cousins, de tantes-vieilles-filles et de beaux-frères-fainéants? A votre avis?

Lyle fut saisie d'un brusque accès d'hilarité qui la surprit. Elle se détourna vivement, non sans avoir remarqué l'air faussement innocent de Thad : ou bien c'était un humoriste, ou bien il s'amusait à ses dépens.

– Juste par curiosité, mademoiselle Camden; vous avez parlé d'un témoignage d'une grande valeur... Pour qui? Pour quoi?

– Eh bien,... pour la sociologie... l'anthropologie,... l'histoire même peut-être.

Il eut de nouveau cet air narquois qui était sa façon de sourire.

– Je vous demande pardon, mademoiselle Camden, si j'ai l'air de prendre votre travail à la légère, je n'en saisis sans doute pas toute la profondeur.

– Oh! ne soyez pas tellement... tellement...

– Arrogant?

– J'allais dire insupportable.

– Hélas, j'ai ces deux défauts, je l'avoue; je ne peux m'en défaire.

C'était dit avec un sourire; Lyle encore une fois ne put s'empêcher de rire.

Thad profita de ce moment de détente pour lui conter de façon amusante et colorée l'histoire de l'île. Il s'assit près de la couverture, repliant ses longues jambes musclées, dans la pose même qu'avait adoptée la jeune fille. Il lui expliqua comment les habitants de Jamestown avaient transformé les grandes étendues sablonneuses de l'île en parcs à bestiaux; comment aussi ses rivages avaient accueilli plus d'un marin à demi mort : les naufrages étaient fréquents dans ces eaux surnommées justement le *cimetière de l'Atlantique.*

– Mais que sont devenus les premiers pionniers? Ils étaient là avant la fondation de Jamestown, n'est-ce pas?

– Oui, c'est ici que s'est installée la première colonie anglaise et le premier enfant né de parents anglais sur notre sol, a vu le jour exactement sur l'île Roanoke.

Lyle regardait Thad qui s'amusait à filtrer du sable entre ses doigts, et dont la cuisse musclée était toute proche de la sienne. Elle en éprouva brusquement comme une faiblesse dans tous les membres.

Quand elle recouvra ses esprits, Thad poursuivait son récit.

– Les seuls Indiens qui étaient restés en bons termes avec les pionniers étaient les Croatans ou les Hattorask qui vivaient sur l'île de Croatan justement.

– Mais où est Croatan?

– Vous êtes peut-être assise dessus en ce moment même. Elle ne figure plus sur les cartes depuis près de quatre cents ans. En fait tous les contours de ces îles ont beaucoup changé.

Thad, badin, lui chatouilla le nez avec la brindille qu'il avait gardée à la main.

– Plus tard un voyageur, John Lawson, raconta y avoir trouvé des Indiens aux cheveux roux cuivré, aux yeux bleus ou gris qui d'après lui « s'enorgueillissaient grandement de leur parenté avec les Anglais ». Ils prétendaient même que leurs ancêtres savaient l'anglais pour l'avoir appris dans un livre.

Lyle était fascinée par le récit de Thad comme par son léger accent. Beaucoup moins marqué cependant que l'accent irlandais de Hesty qui se doublait d'ailleurs d'un vocabulaire haut en couleur.

– Tout cela n'a guère d'importance, je pense, conclut Thad. Mais quand on habite cette île depuis Dieu sait combien de générations, on est naturellement pris par tout ce mystère.

Il se tourna soudain vers elle, la regarda droit dans les yeux; un long moment ils demeurèrent ainsi, se fixant en silence. Puis, comme des volets qui se ferment, les paupières de Thad retombèrent d'un seul coup, coupant net le contact amical qui s'était établi entre eux pendant quelques secondes.

Il se mit debout, brossa le sable de son jean très ajusté.

– Allons, mademoiselle Camden, je pense que je vous ai assez ennuyée comme ça.

– Ce n'était pas ennuyeux, protesta Lyle, dégrisée.

Cette réplique ne fit que l'agacer :

– Alors, vous êtes le type même de la bonne petite auditrice, hein? Vous avez sans doute appris dans un magazine féminin comment mettre le grappin sur un homme. Si vos « beaux yeux » n'y suffisent pas, il vous reste toujours la ressource d'écouter sagement le monsieur... lorsque vous êtes un peu à court de... d'autre chose.

Lyle pâlit. Debout dans un éclair, elle ignora ostensiblement la main que Thad lui tendait pour l'aider à se relever.

– Que croyez-vous que j'attende de vous, Thaddeus Creed? J'ignore quel genre de femmes vous fréquentez, mais ça doit être plutôt effrayant! D'ailleurs, qui d'autre pourrait s'intéresser à quelqu'un comme...

Sa voix s'éteignit. Elle avait les yeux fixés sur son interlocuteur. On ne pouvait vraiment pas dire qu'il était beau; mais il y avait dans toute sa personne quelque chose de si attirant, de si brutalement mâle, que Lyle recula, troublée par les pensées qui montaient en elle.

– N'ayez pas peur, mademoiselle Camden! je ne suis pas un croquemitaine, mais je ne me fais aucune illusion sur ma beauté... Nous voilà deux dans le même cas, non?

Lyle le regardait, éperdue. Ses taches de rousseur avaient pris un relief surprenant dans son visage livide. Les mains tremblantes, elle croyait entendre l'écho des sarcasmes qui l'avaient poursuivie toute sa vie.

Ce fut peut-être cet air désemparé qui arracha à Thad une sourde exclamation un peu apitoyée.

D'un geste brusque, Lyle ramassa la couverture, tourna les talons et s'en fut, trébuchant dans le sable. Sa jupe bleu marine voletait autour de ses mollets, sa chevelure formait comme un nuage rouge au-dessus de sa tête. En arrivant à la maison, elle ralentit l'allure. L'amitié que Thad lui avait témoignée tout à l'heure lui avait réchauffé le cœur... Allait-elle tout anéantir sur une simple impulsion? Peut-être n'avait-il pas eu l'intention de la blesser? Peut-être, si elle s'excusait de s'être laissée emporter...?

– Monsieur Creed, je regrette si... enfin, j'ai eu tort de porter une appréciation sur... sur le genre de femmes que...

Elle s'interrompit, désemparée. Il n'avait pas l'air du tout décidé à l'aider. Pourtant, il était au moins aussi coupable qu'elle! Fâchée contre elle-même, elle lança :

– Personne au monde, ayant le moindre atome de sensibilité n'oserait dire ce que vous m'avez dit sur... mes « beaux yeux » et le reste. Je ne suis pas responsable de mon aspect physique!

– Mais, mademoiselle Camden, je n'ai jamais prétendu avoir la moindre sensibilité, répliqua-t-il avec un calme exaspérant. Et pour ce qui est du genre de femmes que je fréquente, c'est mon affaire, non?

Vous cherchez peut-être à vivre des émotions fortes, par personnes interposées, pour donner un peu de piquant à votre terne petite existence! Quant à votre apparence, mademoiselle Camden, je ne suis pas sûr que vous n'en soyez pas responsable. Si j'étais d'un naturel soupçonneux, j'irais même jusqu'à penser que vous êtes beaucoup plus jeune que vous ne cherchez à le paraître.

Indécise et méfiante, une lueur étrange dans ses yeux bleu-nuit, elle ne quittait pas Thad du regard. Finalement, la voix étranglée, elle s'écria :

– Allez au diable, monsieur Creed!

Puis elle se détourna brusquement et courut se réfugier dans la maison.

2

Les jours commençaient à diminuer. Lyle passait des heures à classer et à dépoussiérer des livres, corvée qui lui était utile parfois, pour se donner une contenance, quand elle sentait peser sur elle le regard de Hesty. Elle avait très vite compris que sa patronne ne tolérait pas le laisser-aller.

– Une carte postale de la jeune vagabonde..., annonça Ethel.

A son habitude, Hesty somnolait dans son rocking-chair – ce qu'elle niait toujours formellement.

– Eh bien, apporte, voyons!

– J'arrive, j'arrive. Juste le temps d'enlever mon imper, grommela la gouvernante depuis le vestibule. Tenez, mamiselle. M'est avis que ça vous remettra du baume au cœur.

Hesty jeta un coup d'œil sur la carte et la tendit à Lyle :

– Tiens, lis-moi donc ça, ma fille : cette gosse n'a jamais su écrire lisiblement.

Lyle déchiffra :

« De retour au pays. On s'est payé du bon temps. Je change de frusques et j'arrive. Tendresses. Pam. »

– Ça, je le croirai quand je la verrai, bougonna Hesty.

– Thad prétend qu'elle n'est pas venue depuis

six ans, dit Lyle qui s'intéressait beaucoup à Paméla depuis qu'il l'avait prise pour elle, le soir de son arrivée.

– C'est complètement faux. C'est Thad qui n'était pas là. Ce pauvre garçon est resté trop longtemps sur le continent.

Dans l'esprit de Hesty, aucune personne sensée ne pouvait quitter l'île plus longtemps que nécessaire.

– D'abord il y a eu toutes ces études qu'il a faites là-bas, et puis tous ces emplois plus mirobolants les uns que les autres; il a quand même fini par retrouver son bon sens et par revenir ici, dans son pays. Il l'aurait peut-être fait plus tôt, s'il n'y avait pas eu cette fille, cette Darnette.

Ethel était partie à la cuisine. Hesty se renversa dans son fauteuil et ferma les yeux. Elle les rouvrit presque aussitôt pour lancer à Lyle un regard réprobateur.

– Laisse donc ça! C'est de la poussière, c'est tout, grommela-t-elle. Qu'est-ce que je disais? Ah oui, cette fille, l'amie de Thad... Elle était belle, ça, on ne peut pas dire le contraire. Mais elle n'était pas faite pour lui. Les amoureux s'imaginent toujours que tout peut s'arranger. Elle s'était mis dans la tête de vivre ailleurs qu'ici. Alors elle a fini par se décider à épouser un gars du Currituck. Thad n'en a plus jamais soufflé mot. Enfin... Une idiote, quoi.

D'un coup de talon, elle remit le rocking-chair en bascule.

– Thad vaut mille fois mieux que l'autre, malgré tout son argent et tous ses yachts!

Lyle n'avait nulle envie d'entendre parler des amours de Thad. Elle changea de sujet :

– Je me demande bien quand Pam va arriver.

– Oh! elle ne va pas débarquer avant longtemps,

ne serait-ce que parce qu'elle compte sur ma vieille baraque quand j'aurai rejoint mon Créateur, gloussa Hesty. La petite n'est pas folle quand il s'agit de ses intérêts. Elle sait très bien qu'elle est la dernière des Durant! Parole d'honneur, j'aime ça! Elle ne cache pas ce qu'elle pense!

Il y eut un silence, meublé par les seuls craquements de la vieille maison qui gémissait sous les assauts du vent de nord-est. Puis, Hesty reprit le fil de son discours, évoquant ces êtres du temps passé, qui n'étaient pour Lyle que des noms délavés sur des papiers jaunis, comme par exemple Putnam-le-rouquin. Il s'était battu avec son père et s'en était allé courir les mers : on ne l'avait jamais revu. Lyle se retint de porter la main à son chignon flamboyant : elle s'était toujours imaginé, sans aucune raison, que tous les Durant étaient bruns comme Hesty.

Tandis que Hesty continuait à égrener l'histoire de ses ancêtres, Lyle rassemblait en pensée les bribes d'histoire familiale qu'elle avait pu glaner au cours de son enfance. Le plus clair de ce qu'elle savait, elle l'avait appris au cours d'une série d'interviews télévisées consacrées à ses parents, Reade et Julia.

Le père de Julia s'était embarqué tout jeune pour le compte d'un armateur de Wilmington, dont il avait plus tard épousé la fille. Quand Julia naquit, son père était déjà mort dans une collision avec un pétrolier. Elle avait été élevée par la famille de sa mère, à Wilmington. Julia tenait d'elle la beauté et les dons musicaux; dons musicaux si exceptionnels qu'elle avait été admise brillamment à la célèbre école Juillard. C'est là qu'elle avait rencontré Reade Camden et l'avait épousé.

Lyle sentait l'amertume monter en elle en

évoquant maintenant une histoire qu'elle connaissait bien :

Reade et Julia Camden eurent une fille unique : Lyle. Mais les dieux s'étaient détournés de cette dernière génération. Les parents n'avaient pas caché leur déception en la voyant devenir trop grande, trop maigre, dépourvue de la moindre oreille musicale, et maladivement timide. Ah! si Reade et Julia pouvaient voir maintenant leur fille – ô, ironie du sort! – revenue comme simple salariée, au berceau de ses ancêtres!

Depuis sa dernière rencontre avec Thad, Lyle s'efforçait de l'éviter. Un jour, pourtant, elle s'abandonna à une curiosité naturelle : elle voulait voir sa maison, qui se trouvait à quelques centaines de mètres. C'était la seule du voisinage.

Elle s'était imaginé qu'elle allait trouver une modeste maisonnette. Or, elle découvrait une superbe construction moderne en verre et bois de séquoia, dont les lignes abstraites s'accordaient à merveille avec le paysage. Comme elle s'approchait pour jeter un coup d'œil à travers les vitres, légèrement teintées de gris, un craquement dans les broussailles la fit sursauter. En écartant un rideau de vigne vierge, elle eut juste le temps d'apercevoir un jeune faon qui se sauvait en bondissant à travers le marécage.

Pauvre petit! Elle avait failli buter contre lui. Pour essayer de retrouver le gracieux animal, elle chercha un passage à travers le fouillis de broussailles, sans même se rendre compte que la plupart des buissons qu'elle frôlait étaient moins inoffensifs qu'il y paraissait. Elle allait abandonner sa poursuite, quand elle l'aperçut à nouveau : immobile sur une petite butte, la tête tournée en arrière, il la regardait, avec de grands yeux étonnés. Qu'il était beau, charmant, gracieux!... Elle avança vers lui, sans égard pour ses chaussures boueuses qui s'enfonçaient de plus en plus dans la vase ni pour les branchages qui l'égratignaient.

– Viens, viens, mon joli! lui dit-elle d'une voix douce.

Comment peut-on bien appeler un faon? Lyle fit un pas de plus et glissa sur la berge fangeuse. Elle eut toutes les peines du monde à rétablir son équilibre en se raccrochant à un églantier et à ce qu'elle prenait toujours pour de banals buissons. A son grand regret le joli faon avait disparu en quelques bonds.

– Zut!

Vraiment, dans un pays comme celui-là, les bottes et les jeans étaient la seule tenue possible. Lyle commençait à comprendre que l'idée qu'elle s'était faite de l'habillement d'une femme sérieuse était un peu romanesque. Trop tard pour y penser!

– Vous n'êtes pas folle?

Le rugissement de Thad la fit sursauter; en se retournant brusquement, elle s'accrocha à un roncier qui semblait décidé à ne pas la lâcher. Thad était là, tout près, à quatre ou cinq mètres peut-être.

– Ne bougez pas, jeune imbécile!

– Ne hurlez pas comme ça! hurla-t-elle à son tour en se démenant – et les épines, comme pour la punir, s'enfoncèrent cruellement dans sa peau.

Prisonnière sans espoir, il ne lui restait plus qu'à attendre. En trois enjambées, Thad l'avait rejointe. Il se mit à détacher les rameaux de ses cheveux, de ses épaules, de sa jupe. Lyle essayait de s'écarter de lui : elle supportait mal de le sentir si proche et elle se méfiait de la délicatesse et de la patience qu'il manifestait pour la sortir de ce pétrin.

– Attention, vous allez vous déchirer..., murmura-t-il en ôtant avec précaution une branche d'églantier de sa jupe. Voilà, je pense que ça ira.

Il la saisit sous les bras, la souleva de terre, et la porta vers le sentier.

– Mais qu'est-ce que vous faites? Posez-moi par terre!

– Tenez-vous tranquille! Cessez de gigoter, ou je vous laisse tomber!

Il la déposa sur un espace dégagé et enleva encore une branche épineuse de sa chevelure.

– Bon, maintenant, cessez vos récriminations et dites-moi plutôt ce que vous êtes venue espionner chez moi.

– Espionner? Oh!... vous êtes un... un dégoûtant personnage! cria-t-elle d'une voix perçante.

Les douloureuses égratignures qu'elle commençait à sentir sur tout le corps n'étaient pas faites pour calmer sa colère.

– A part la maison, il n'y a rien à voir ici. Puisque vous êtes si curieuse, pourquoi n'êtes-vous pas venue sonner à la porte et demander le guide? Vous préférez sans doute vous faufiler en maraudeuse par la porte de service?

– Ça suffit! Si vous voulez le savoir, je suivais un faon.

– Depuis *Knob House*? fit-il, railleur.

– Bien sûr que non, pas depuis *Knob House*. Je... je me promenais, et j'ai entendu quelque chose dans les buissons.

– Alors vous entendez quelque chose dans les buissons et vous vous jetez aussitôt dans le marécage, sans une seconde de réflexion? Vous êtes vraiment douée, Lyle Camden, il n'y a pas à dire! Comment avez-vous fait pour survivre jusqu'aujourd'hui?

– Je n'ai pas peur des faons, si c'est ça que vous voulez insinuer; et j'ai peu de chances de rencontrer un ours ou un crocodile par ici. La seule chose à craindre c'est peut-être les gros taureaux grondants comme vous?

– Gros taureaux grondants! Ma foi, ça sonne bien, même si la comparaison est un peu usée, très chère madame.

Il s'amusait franchement. Cela mit le comble à la colère de Lyle.

– Pourquoi me parlez-vous toujours comme si j'étais une... je ne sais pas moi... une bonne à rien!

– Une bonne à rien! (Il sauta sur le mot.) De mieux en mieux! Bientôt vous allez me traiter de demeuré mental, ou de fieffé goujat! Par simple curiosité, Lyle, où avez-vous vécu jusqu'à présent?

Elle aurait pu dire : seule, derrière un rempart de livres; à l'abri entre les pages de beaux romans d'amour...

– Je pense que je vous dois des remerciements pour m'avoir tirée de là, fit-elle de mauvaise grâce, pour ne pas répondre à sa question.

– Gardez vos remerciements jusqu'à ce que j'en aie fini avec vous.

Il lui prit le bras et commença de l'entraîner vers la maison.

– Attendez, protesta-t-elle en tentant de se dégager. Je ne peux pas entrer chez vous comme ça; je suis couverte de boue!

– Vous avez été en contact avec du sumac vénéneux : il faut soigner cela avant qu'il soit trop tard.

– Du sumac vénéneux? En novembre? Ne soyez pas ridicule.

– Novembre ou pas, c'est la même chose quand on en a pris une telle quantité.

– Mais c'était des églantiers!

– Les plantes épineuses, oui, les autres étaient du *Rhus Radicans,* bien connu pour être aussi virulent à l'état de vie ralentie que lorsqu'il est vert. Avec votre peau délicate, vous devez être particulièrement vulnérable. Cessez de jouer les effarouchées et allons-y. En vous frottant bien on doit pouvoir éviter le pire.

Ils étaient déjà arrivés. Il aurait été enfantin de refuser son aide. Après tout, ce n'est pas sa faute s'il a des manières aussi brutales, se dit-elle, indulgente. Mais le regard de Thad ranima toutes ses craintes : c'était exactement celui du chat qui guette un canari...

Lyle ne put réprimer un léger cri d'admiration en entrant dans la maison. Tout rustre qu'il fut, il vivait dans un cadre d'une élégance raffinée qui devait valoir une fortune. A coup sûr, ces tapis sur le parquet étincelant étaient d'authentiques tapis d'Orient, de Tabriz peut-être...

– Ça vous plaît? demanda-t-il, moqueur.

– C'est extraordinaire!

Son exclamation avait été si spontanée qu'une expression étrange traversa fugitivement le visage de Thad. Mais elle fit place aussitôt à sa froideur ironique habituelle.

– Allons, venez, occupons-nous de vous frotter.

A genoux devant elle, il lui enleva ses chaussures et fronça les sourcils.

– Qu'est-ce que vous allez faire de ces espèces de collants ou je ne sais quoi que vous portez? Ils sont complètement déchirés. Vous feriez mieux de les enlever, que je puisse examiner vos écorchures. Il y a encore des épines dans la peau; si on ne les enlève pas, ça va s'infecter...

Effarée, Lyle contemplait ses pieds.

– Où puis-je aller les enlever?

– A vrai dire, il faut beaucoup plus qu'un linge mouillé pour nettoyer tout ça. Le mieux, ce serait une bonne douche. On ne sait pas quels sont les endroits les plus atteints : le visage, les mains, les jambes? Venez, je vais vous montrer le chemin.

Lyle se leva en hésitant. Cette histoire l'entraînait décidément trop loin.

– Ecoutez, je crois que je ferais mieux de rentrer à la maison. Quelques minutes de plus ou de moins n'y changeront pas grand-chose...

– Quelques minutes peuvent changer une éruption bénigne en grosses cloques très douloureuses qui s'infecteront et vous rendront plus malade que vous le supposez. Il faut enlever ces vêtements le plus tôt possible, ils sont contaminés par la sève empoisonnée.

Vraiment inquiète cette fois, Lyle le suivit. C'est à peine si au passage elle jeta un regard sur la grande chambre à coucher splendidement meublée, tandis que son guide la menait à la salle de bains contiguë.

– Je pense qu'il y a tout ce qu'il vous faut. Je vais vous chercher un gros morceau de savon de ménage.

Voyant sa peau fragile comme un papier de soie, il fronça les sourcils :

– Ça sera peut-être un peu pénible, mais mieux vaut ne pas prendre de risques. Frottez-vous bien avec le gros savon et prenez du savon de toilette après si vous voulez. Je vais vous donner quelque chose pour vous rhabiller.

– Je peux remettre mes affaires, fit-elle vivement.

– Ne faites pas l'enfant. Soyez sage et faites ce que je vous dis.

Il sortit et revint quelques instants après : elle n'avait pas bougé.

– Allons, Lyle, secouez-vous un peu! Vous voulez que je vous aide!

Toujours ce regard moqueur! Il posa sur le lit un peignoir de bain en tissu éponge et lui tendit un morceau de savon. En réponse à son attitude toujours aussi pleine de défiance, il lui fit un clin d'œil et quitta la chambre.

A l'aide d'un gant de crin Lyle se frotta vigoureusement de la tête aux pieds, si vigoureusement qu'elle crut s'arracher la peau. Elle s'essuya une jambe et l'examina avec inquiétude : elle était rouge et couverte d'écorchures. La douleur était si cuisante qu'elle commençait à se demander si le remède n'était pas pire que le mal.

Elle enfila le peignoir. Comment avait-elle pu se mettre dans une situation aussi ridicule?

– Vous n'avez pas terminé? cria Thad à travers la porte. N'oubliez pas que je vous ai proposé mon aide!

Irritée, Lyle prit le temps de ranger la salle de bains avant de passer dans la chambre à côté. Ne sachant que faire, elle en profita pour admirer la couleur subtile du satin tendu sur les murs.

– C'est à votre goût?

Surprise, elle se retourna.

– Comment êtes-vous entré?

– Il y a encore une porte dans la salle de bains, fit-il avec un sourire malin; cela m'étonne que vous ne l'ayez pas verrouillée.

– Je ne l'ai même pas remarquée, répondit-elle, furieuse.

Elle se sentait horriblement mal à l'aise, seule avec lui dans cette chambre, nue sous son peignoir.

– Maintenant que je me suis frottée jusqu'au sang, puis-je rentrer chez moi?

– Vous vous comportez comme si j'en voulais à votre vertu, alors que je suis là seulement pour vous porter les premiers secours

– Ne dites pas de sottises! Je veux rentrer chez moi.

– Personne ne vous en empêche, fit-il en haussant les épaules.

Il s'approcha d'elle avec une expression qui éveilla sa méfiance : elle recula d'un pas et se trouva bloquée par la commode.

– Pauvre Lyle! Pauvre petite jeune fille effarouchée! Je me demande ce qui vous fait rougir comme ça : les idées qui vous passent par la tête, ou le traitement que vous avez fait subir à votre épiderme?

Il tendit une main vers elle, lui toucha la joue. Lyle s'écarta, prise de panique.

– Ne soyez pas ridicule! C'est... c'est ma peau qui est fragile... J'ai frotté trop fort et... Arrêtez! cria-t-elle, sincèrement effrayée.

Thad, d'un geste adroit, venait de libérer ses cheveux qui lui tombaient maintenant sur les épaules.

Il se recula et les mains sur les hanches, tête inclinée, il contempla le tableau.

– Magnifique! Pourquoi diable les serrez-vous comme ça? C'est incroyable, l'allure dévergondée que vous pouvez avoir brusquement. Vous, d'habitude si guindée dans votre pseudo-uniforme de l'Armée du Salut! Qui voulez-vous tromper? Et, pourquoi?

– Je ne cherche à tromper personne! lança-t-elle, cassante.

Etonnée elle-même de mentir de cette façon, elle rougit affreusement, ce qui, ajouté au traitement énergique qu'elle avait subi, était du plus bel effet. La tête renversée en arrière, Thad éclata de rire. Lyle tenta de s'enfuir. Au passage, il l'attrapa par la manche : le peignoir glissa, lui découvrant l'épaule.

A moins de lui laisser le vêtement entre les mains, elle ne pouvait rien faire d'autre que s'arrêter. Furieuse, elle se retourna, la bouche ouverte pour protester.

Mais elle n'en eut pas le temps. La bouche de Thad se posa sur la sienne, en un baiser qui la fit chanceler. Cela ne ressemblait en rien aux fades tentatives de Stan... Horrifiée, elle s'aperçut qu'elle répondait à ce baiser avec une fougue qu'elle n'aurait jamais soupçonnée en elle. Eperdue, elle se débattit pour lui échapper.

– Oh! Lyle Camden, comme vous voilà soudain changée en un doux amas de contradictions, murmura Thad.

Et sa bouche, abandonnant les lèvres de la jeune fille, s'égara vers la gorge tiède, encore humide de la douche.

Toute tremblante, elle se serra contre la poitrine virile. Le cœur de Thad battait à coups précipités; ou n'était-ce pas plutôt le sien?

Thad, tendrement, lui mordillait le cou.

Comme elle haïssait ces délicieuses sensations qui la parcouraient tout entière!

– Arrêtez! fit-elle, les dents serrées. Espèce de... d'animal!

– Ah, oui? murmura-t-il, railleur.

Il la relâcha un peu. Elle en profita pour le repousser et s'écria :

– Prenez garde! La petite jeune fille effarouchée va mordre! Mais lâchez-moi, sale brute!

Il se mit à rire et l'abandonna tout à fait. En retrouvant la liberté, Lyle éprouva subitement une sensation de froid. Elle restait là, interdite. Ses yeux brillaient à travers ses larmes : larmes de colère, de douleur, de pudeur offensée, peut-être aussi – elle dut se l'avouer à sa grande honte – larmes de déception...

Lyle ne trouva le sommeil que tard dans la nuit. Le souvenir de sa réaction à l'agression de Thad – et comment appeler cela d'un autre nom? – l'effrayait. Lorsqu'elle s'efforçait d'analyser ses sentiments pour cet homme qu'elle détestait, elle éprouvait une émotion indéfinissable qui s'évanouissait soudain sans qu'elle ait pu l'identifier. Le pire, c'est qu'il m'a embrassée comme par jeu, songeait-elle avec désespoir. Dès le premier jour, à chacune de leurs rencontres, il avait pris un malin plaisir à la mettre hors d'elle. Aujourd'hui, cela avait été l'humiliation définitive.

Thad avait mis les vêtements sales de Lyle dans un sac de papier; en y ajoutant ses chaussures, il avait fait un commentaire sur la petitesse ridicule de ses pieds. Comme elle lui faisait remarquer qu'elle ne pouvait s'en retourner pieds nus, il l'avait attirée contre lui en attrapant la ceinture de son peignoir.

– Qu'est-ce qu'il y a, ma petite Lyle! Vous ne me faites pas confiance pour vous ramener chez vous en toute sécurité? Vous vous conduisez comme la vieille fille que vous prétendez être, ou ne serait-ce pas plutôt comme l'adolescente que je soupçonne en vous? Lyle Camden, un de ces jours il faudra que j'éclaircisse ce mystère : je saurai qui vous êtes réellement.

Prise au piège contre la chaleur de ce corps robuste, Lyle respirait son odeur, ne voyait plus que lui, ne sentait plus que lui; le sang lui en battait aux tempes...

– Un petit baiser pour la route? Paiement pour service rendu?

Sans qu'elle s'y oppose, il lui prit de nouveau les lèvres. Sous la tendre insistance de ce baiser,

Lyle n'offrait plus aucune résistance. Ses jambes se dérobaient sous elle. Quel était donc cet élan irrésistible qui se communiquait à tout son être? Rien jusqu'ici dans son existence ne l'y avait préparée. Thad lui prit la taille et la serra plus fort contre lui. Elle poussa un gémissement qui ressemblait au cri d'un petit chat en détresse.

– Cela vous suffit, miss Camden? murmura-t-il, la voix rauque.

Il la regardait avec un large sourire, comme s'il s'agissait d'une énorme plaisanterie.

Une plaisanterie. Voilà exactement ce que c'était pour lui. Elle avait l'habitude des sarcasmes, des rires moqueurs qui accueillaient le vilain petit canard né d'un brillant couple de cygnes. Personne, pourtant, n'avait osé aller si loin. Et cela lui faisait mal! Un mal pire que tout ce qu'elle aurait pu imaginer.

Thad perçut-il quelque chose de cette détresse? Il dénoua son étreinte, la prit un instant par les épaules, puis la libéra tout à fait.

– Ne cherchez pas à comprendre, Lyle, mon ange. L'homme est un étrange animal qui a toutes sortes de lubies quand une jolie fille lui tombe entre les griffes.

– Ne vous moquez pas de moi, Thad Creed, fit-elle d'une voix à peine perceptible. Et ne dites pas que je suis jolie fille puisque nous savons très bien tous les deux que ça n'est pas vrai.

– C'est cela qui vous tracasse? Il y a bien des formes de beauté, vous savez, et la joliesse est de toutes la plus médiocre. Maintenant, allons-y : je vais chercher la voiture pour vous reconduire chez vous. Dites à Ethel d'ajouter une bonne poignée supplémentaire de détergent quand elle lavera vos vêtements. Et, à partir de maintenant, évitez les buissons... Compris?

3

Si Lyle était restée plusieurs jours sans revoir Thad, sa gêne aurait sans doute pris des proportions déraisonnables. Mais, dès le lendemain, après déjeuner, il fit son apparition dans la bibliothèque.

– Pas d'éruption?

Il avait l'air parfaitement sérieux, sans la moindre trace d'ironie.

– Vous êtes un peu plus rose que d'habitude : à cause du savon, sans doute. Le traitement est peut-être un peu brutal, mais c'est encore le meilleur préventif qui soit.

– Je vais très bien, merci, fit Lyle sèchement. Dans un jour ou deux, quand les écorchures auront disparu je serai comme neuve.

– Comme si rien ne s'était passé, c'est ça? Aucune trace durable?

Il se moquait d'elle! C'est en vain qu'il tentait de réprimer son sourire ironique : celui-ci reparaissait par éclairs.

Lyle faillit réagir, mais elle réussit à se maîtriser. Cela ne lui réussissait jamais de s'énerver quand il la taquinait.

– Aucune trace durable, d'aucune sorte, merci beaucoup, fit-elle calmement.

Et elle se remit au travail.

– Parfait. Dans ce cas, que diriez-vous de prendre un jour de congé pour m'aider à faire les achats de Noël de Hesty?

– Vous avez besoin de quelqu'un pour ça? demanda-t-elle, méfiante.

– Eh bien..., pour un homme, ce n'est pas une mission facile. Hesty veut faire des cadeaux à tous les élèves de son école du dimanche et à tous les membres de la Congrégation. Et comme d'habitude, c'est moi qui dois m'occuper de ça.

– Alors, si c'est une habitude, je ne vois pas pourquoi vous avez besoin de moi, conclut-elle, toujours sur le même ton sec.

– C'est Hesty qui m'a suggéré de vous le demander, poursuivit-il d'un air détaché. Jusqu'à présent, j'ai toujours eu droit à... à une assistance féminine. Mais cette année, je me retrouve seul.

– Pourquoi ne vous adressez-vous pas à votre assistante habituelle?

– Elle n'est pas disponible.

Apparemment résigné, il haussa les épaules.

– Oh! bien sûr, après ce qui s'est passé hier, je me doutais bien que vous n'accepteriez pas! Remarquez, en réalité, c'est à Hesty que vous rendriez service. Mais, dites-moi au moins, vous n'auriez pas idée de ce qu'on peut offrir à des femmes... disons, entre cinquante et quatre-vingt-dix ans? Pour les hommes, je vois à peu près; ce sont les cadeaux pour dames qui me plongent dans des abîmes de perplexité.

Il se laissa tomber dans le rocking-chair bancal de Hesty, les mains entre les genoux, et se mit à réfléchir à haute voix :

– Des pralines, peut-être : c'est une bonne friandise à l'ancienne... ou bien de la barbe-à-papa?... et puis, du whisky, naturellement.

Malgré elle, Lyle éclata de rire.

– C'est bon, j'irai avec vous. Mais seulement à cause de Hesty, sachez-le.

– Mais évidemment! moi aussi, c'est pour elle que je le fais. Qu'allez-vous imaginer?

Il lui lança un regard d'indignation si mal jouée qu'elle ne put y tenir : ils se mirent à rire ensemble de bon cœur.

– Demain matin, à 9 heures, ça vous va? Hesty doit recevoir une délégation paroissiale; elle sera de toute façon trop occupée pour entreprendre quoi que ce soit d'autre : la grande épopée familiale attendra.

– Il faudra tout de même que je fasse la chasse à la *mousse* dans le vestibule avant l'arrivée des invités. Même si Ethel semble penser qu'il faut la laisser croître et multiplier, ajouta Lyle avec un sourire amusé.

Elle n'en revenait pas de se sentir tout à coup si détendue avec Thad Creed. Avec lui, rien ne se passait jamais comme on s'y attendait; il avait l'art et la manière de la prendre à contre-pied. Lyle reprit pourtant son sérieux et une attitude digne pour lui rappeler qu'elle devait se remettre au travail, s'il n'y voyait pas d'inconvénient. Hesty n'allait pas tarder à descendre pour leur séance rituelle de l'après-midi.

– Où en êtes-vous? Ça avance?

– Pas beaucoup. Hesty passe le plus clair de son temps à évoquer ses souvenirs. Et puis, il y avait un tel paquet de journaux et de documents à classer! La plupart étaient presque trop fragiles pour être manipulés. Ce qui nous complique la tâche, c'est que Hesty se rappelle rarement pourquoi elle les a gardés : il faut que je les lise de bout en bout pour découvrir le nom d'un membre quelconque de la famille.

Thad, les paupières mi-closes, l'examinait.

– Vous n'avez pas à vous justifier devant moi, Lyle. Le plus important est de rendre Hesty heureuse, de tenir son esprit en éveil. Je crois que le fait d'avoir une nouvelle auditrice lui a fait signer un nouveau bail avec la vie. Il me semble vous avoir déjà dit une fois que vous étiez l'auditrice idéale, non?

Lyle vit de nouveau apparaître le sourire ironique. Troublée, elle s'absorba dans ses papiers et en laissa échapper quelques-uns.

Thad se baissa pour les ramasser et les lui tendit en disant :

– Je passerai vous prendre demain matin.

Le soleil brillait, éclatant. Il ne parvenait pourtant pas à réchauffer le vent qui soufflait en tempête, et la grosse voiture qui filait le long des plages étroites, était secouée par d'énormes rafales. Douillettement blottie dans la luxueuse limousine, Lyle avait une conscience aiguë de la présence de l'homme assis à côté d'elle. L'odeur de son eau de toilette ancienne, mêlée à celle du tabac et de la laine, la vue de ses mains vigoureuses conduisant avec maîtrise la puissante machine provoquaient en elle une étrange impression de faiblesse.

Ils coururent les magasins, choisissant des écharpes, des gants de laine, du tabac, des cache-nez et une quantité de friandises de toutes sortes... mais, pas de pralines!

Thad proposa de s'arrêter pour déjeuner. Il emmena Lyle dans un restaurant de poisson : la soupe aux palourdes y était presque aussi bonne que celle d'Ethel.

Attablés devant une truite meunière, ils bavardèrent, évoquant les meubles et les revêtements muraux en matière plastique qu'on voyait maintenant partout. Cela les conduisit à parler des splendides panneaux de bois qui garnissaient les murs, chez Thad. Celui-ci remarqua :

– Le coût de la main-d'œuvre est tel aujourd'hui que ces panneaux sont devenus hors de prix. Pour la plupart des gens, c'est inabordable. Mais, chez moi, cette dépense se justifie parce que c'est en quelque sorte une maison modèle.

Bien qu'admiratrice de la beauté de cette demeure, Lyle trouva l'attitude de Thad assez vaniteuse. Devant son froncement de sourcils désapprobateur, il la rassura d'un sourire :

– Vous ne le savez peut-être pas, mais je suis architecte : cette maison est une de mes créations. Je veux pouvoir montrer aux clients éventuels ce que j'aimerais construire. Bien entendu, si on commercialisait ce prototype, on utiliserait des techniques moins coûteuses.

Lyle le regardait, très étonnée.

– Je ne m'étais jamais demandé ce que vous faisiez pour gagner votre vie! La plupart des hommes que j'ai rencontrés à Frisco, m'ont paru s'agiter de droite et de gauche, sans aucun plan précis. Je veux dire : sans un véritable métier qui remplisse leurs journées.

– Oh, moi, j'ai un plan très précis, fit-il avec un séduisant sourire.

– En tout cas, cela explique pourquoi vous avez une si grande maison pour vous tout seul. Parce que vous vivez bien tout seul, n'est-ce pas?

Pour avoir posé cette question indiscrète, Lyle aurait voulu avaler sa langue! Qu'il vive seul ou non ne la regardait pas. Et le fait d'être au chaud, détendue après un bon repas, n'était pas une raison suffisante pour abandonner son attitude réservée. Thad Creed était le genre d'homme à profiter du moindre relâchement de sa vigilance.

– Oui, je vis seul; à l'exception d'une perle rare dénommée Berthalee Willis. Elle travaille comme quatre; de plus, c'est un vrai cordon bleu pour nos spécialités régionales. Le seul ennui, c'est qu'elle est plus souvent absente que présente.

– Et qu'est-ce qui se passe quand elle n'est pas là?

– C'est épouvantable!

– Je m'en serais doutée, conclut Lyle en riant.

Ils quittèrent le restaurant enfumé. Lyle releva son col. Ferait-elle la dépense d'une paire de bottes? elle pensait avec regret à celles qu'elle avait données à Carol, de magnifiques bottes en cuir souple. Quel changement dans son existence! Il y a peu de temps encore elle pouvait s'acheter tout ce qu'elle voulait sans s'inquiéter du prix. Quand on a des parents qui touchent de fabuleux cachets comme vedettes de télévision, on trouve tout naturel d'être bien habillée. Lyle n'avait jamais eu de goûts extravagants, elle appréciait le style simple et les couleurs discrètes. Mais elle était attachée à la qualité et ç'avait été une rude épreuve de se retrouver pour ainsi dire sans le sou.

– Lyle?

Thad la regardait, amusé. Elle sortit de sa rêverie.

– Où étiez-vous? Je vous proposais de passer à la poterie dont je vous ai parlé, avant de rentrer.

Lyle renonça aux bottes et allongea le pas pour suivre les grandes enjambées de son compagnon. Ils arrivaient à la voiture où ils voulaient se débarrasser de leurs paquets, quand une voix, derrière eux, lança tout à coup :

– Thad, c'est toi? Mais oui, c'est toi, mon chéri!

Ils firent volte-face. Lyle ouvrit de grands yeux à la vue de la délicieuse créature qui se tenait là, les bras tendus; qui « posait » là, se dit Lyle dans un éclair de férocité.

– Cora! mais que diable fais-tu ici? s'écria Thad, avec un sourire rayonnant.

– Oh! mon chéri, c'est justement toi que je voulais voir! As-tu déjeuné? Il *faut* que tu prennes un moment pour me donner un conseil... je t'en prie, Thad, fit-elle, coquette et câline.

Lyle se sentait vraiment de trop : elle restait plantée là, ne sachant que faire. La jeune femme prit la tête de Thad dans ses mains et se mit à l'embrasser avec insistance.

C'est uniquement parce qu'il a les mains pleines qu'il ne la prend pas dans ses bras, se dit Lyle avec aigreur. Elle se détourna pour déposer ses propres paquets à l'arrière de la voiture. Un instant elle hésita, se demandant si oui ou non Thad avait l'intention de la présenter. Mais cette Cora Machin Chose parlait comme une mitraillette et Lyle grelottait.

Elle s'installa à l'avant, de mauvaise humeur. Malgré elle, elle comparait ce baiser dont elle venait d'être le témoin à celui que Thad lui avait donné. Elle, il avait simplement voulu la taquiner, parce qu'il avait compris ce qu'elle ressentait, livrée à sa merci, prisonnière dans sa chambre à coucher... En revanche, il n'y avait pas trace de plaisanterie dans le baiser qu'il venait de donner à cette Cora. Mais aussi, quelle différence entre cette jolie femme menue et en vison, au fin visage de poupée de porcelaine, et la grande godiche rousse à la figure écarlate, entortillée dans un peignoir de bain trois fois trop grand pour elle!

Le soleil, bas sur l'horizon, lui décocha un rayon à travers le pare-brise : Lyle éternua. Elle farfouillait à la recherche d'un Kleenex, quand la portière s'ouvrit. Thad se pencha vers elle :

– Lyle, je voudrais vous présenter Cora Lambert. Cora, voici Lyle Camden.

Courbée sur son siège, l'air emprunté, Lyle leva les yeux en bredouillant un vague « comment allez-vous? » Elle venait de mettre la main sur un Kleenex et tentait d'enrayer un nouvel éternuement.

Sans aucun succès... Elle éternua bruyamment. Thad se tourna vers Cora :

– Je ferais mieux de ramener cette petite chez Hesty, avant qu'elle n'attrape un rhume. Je t'appelle et nous prenons rendez-vous..., d'accord?

– Je suis à la villa quelques jours encore, puis je rentre à Elisabeth City. Après ça, Dieu sait quand je pourrai revenir...

Elle haussa les épaules avec une petite moue charmeuse qui incita Thad à lui emprisonner les deux mains dans les siennes. Débarrassé de ses colis, il était libre maintenant de l'embrasser. Lyle résista courageusement à la tentation de les regarder par la vitre arrière.

Pendant le trajet du retour, le cerveau de Lyle bouillonnait de questions qu'elle n'était pas du tout en droit de poser. Thad était manifestement plongé dans ses propres pensées : c'est à peine s'il prononça trois mots avant de stopper devant la maison.

– Attendez, je vais vous aider à rentrer ce monceau de paquets. J'ai bien peur que la corvée d'emballer tout ça vous revienne.

– Ce n'est pas une corvée, cela m'est bien égal, répliqua Lyle, profondément contrariée sans raison apparente.

– Ne me dites pas que vous êtes de ces gens qui s'attendrissent devant les boîtes de bonbons et les anges en plastique métallisé.

– Il n'y a pas besoin de s'attendrir, comme vous dites, pour apprécier les jours de fête, répondit-elle froidement, d'un air de défi.

Cela le fit beaucoup rire; il lui donna une petite tape sur le nez :

– Quelle drôle de petite créature compliquée vous êtes, Lyle Camden! Un de ces jours...

Il laissa sa phrase en suspens. Lyle resta le regard fixé sur la porte qui s'était refermée derrière lui, se demandant si la tristesse indéfinissable qu'elle ressentait avait un rapport quelconque avec Thad et Cora Lambert...

Paméla Durant arriva enfin, et Lyle en oublia Cora Lambert. Si elle n'oublia pas aussi Thad Creed, ce ne fut pas faute d'avoir essayé : il était une vivante menace pour tous les grands principes d'indépendance dont elle s'était fait une règle de vie.

Inconsciemment, Lyle s'était construit une image de Paméla Durant : quelle ne fut pas sa surprise en voyant la jeune fille qui, d'un pas nonchalant, franchissait le seuil avec son sac à dos. Lyle s'était imaginé une jeune personne bronzée, désinvolte, aux longs cheveux décolorés par le soleil flottant librement sur les épaules; elle se trouva en face d'une fille mince, aux cheveux courts, vêtue d'un short kaki tout fripé, d'un pull à col roulé, de chaussettes et de chaussures de marche.

Lyle traversait le vestibule pour se rendre à la

bibliothèque, une tasse de café dans chaque main.

– Paméla? fit-elle sans trop y croire.

– Mais, bon sang, qui êtes-vous? demanda l'arrivante, laissant cavalièrement tomber son sac et s'étirant. Ouh la la! J'en ai plein le dos! Du stop sur une Honda 350! Plus jamais ça! Oh... est-ce que vous auriez une autre tasse de cette mixture?... et un sandwich, ou quelque chose comme ça? Je meurs de faim.

Plus amusée qu'ennuyée, Lyle bredouilla quelque chose pour dire qu'elle devait servir le café à Hesty.

– Ne vous en faites pas, donnez-moi ça, je vais le lui apporter.

– Elle est là, dans la bibliothèque, précisa Lyle en lui tendant la tasse fumante.

– La bibliothèque! Ça alors! Rien que ça! La dernière fois que je suis venue c'était le cabinet de débarras.

Paméla prit la tasse et disparut, hélant sa grand-tante à tue-tête.

Lyle haussa les épaules, but une gorgée de café, et retourna à la cuisine exécuter les ordres de Paméla. Rien d'étonnant à ce qu'elle l'ait prise pour une domestique. Habillée comme elle l'était, avec son chemisier de coton et le tablier bleu qu'elle mettait pour travailler, on pouvait s'y méprendre. D'ailleurs, pourquoi chicaner sur les nuances entre « domestique » et « dactylo-dame-de-compagnie? » Une employée est une employée, et une Durant est une Durant, conclut-elle avec un petit sourire forcé.

– Lyle m'aide dans mes recherches sur l'histoire de la famille, expliqua Hesty quelques minutes plus tard après avoir présenté les deux jeunes filles l'une à l'autre.

Ses yeux fatigués faisaient effort pour les examiner alternativement.

– Vous avez l'air du même âge ou presque, conclut-elle. Ça va être bon pour Lyle d'avoir une autre fille jeune dans la maison. Elle n'a personne à qui parler, excepté Thad.

– Grands dieux, Hesty, mets tes lunettes, fit Paméla, un peu vexée.

Elle dévisagea Lyle, intriguée, et pour finir émit un grognement significatif. Lyle, mi-amusée, mi-énervée, se leva pour emporter la vaisselle sale. En quittant la pièce, elle entendit Paméla lancer, sans même prendre la peine de baisser le ton :

– Où diable l'as-tu dénichée, Hes? Ne me dis pas qu'Ethel a rendu son tablier!

Lyle n'attendit pas la réponse d'Hesty. Arrivée à la cuisine elle débarrassa le plateau et confia les tasses à Ethel.

– La petite Pam vous a déjà énervée? Elle cause beaucoup, celle-là! En tout cas, avec elle, on sait à quoi s'en tenir.

Ethel s'assit à la table et Lyle se mit à faire la vaisselle, ce qui en soi était une petite victoire. Chaque fois que soufflait le vent de nord-est, Ethel, qui souffrait davantage de ses « rhumatisques » permettait maintenant à Lyle de faire la vaisselle, voire même de l'aider à préparer les repas.

Tout en travaillant, Lyle se souvint que la chambre qu'elle occupait depuis son arrivée à *Knob House* était celle de Paméla. On n'avait pas trouvé d'autre solution : la maison était grande, mais il n'y avait que cinq chambres à coucher. Et encore, l'une servait de débarras. Une autre, la plus petite, était si froide et humide qu'elle était presque inhabitable. D'après Ethel, il y avait des fuites dans le toit, toute la pièce était moisie. Mais il faudrait bien que Lyle s'en contente...

Lyle se mit donc à déménager et à changer les draps. Heureusement, elle en avait terminé quand Paméla se décida à monter. Lyle n'avait pas la moindre envie d'un « papotage entre filles ». Jusqu'à maintenant, Hesty et Ethel avaient été dupes de sa petite comédie : avec Paméla, cela risquait d'être une autre affaire : elle ne s'en laisserait pas conter si facilement. Comment Lyle ferait-elle face à toutes les questions indiscrètes sur son âge, son passé, etc.?

Quand Hesty monta faire sa sieste après déjeuner, Pam grimpa derrière elle et redescendit aussitôt : elle s'était changée en un clin d'œil. Elle avait mis une robe de coton bleu lavande, mi-longue, et un sweater noir, mais elle avait gardé les mêmes chaussures.

Rencontrant Ethel dans le vestibule, Paméla se mit à bavarder un peu avec elle : Lyle eut ainsi le loisir de l'observer quelques instants sans qu'elle s'en aperçoive. Les traits de Paméla étaient bien dessinés, son profil élégant et fin, le menton petit et marqué d'une fossette, le nez petit lui aussi et bien droit. La jeune fille avait en outre de grands yeux bruns au regard très vivant, une peau mate, sans maquillage, et les cheveux plats. Et sa silhouette mince, pour ne pas dire maigre, ne manquait pas de grâce.

Soudain Lyle eut un sursaut : le menton qu'elle voyait là, mais c'était exactement le sien! Comment Thad avait-il dit déjà? Ah oui : « le menton volontaire des Durant. » Et s'il n'y avait eu que le menton!... oh! oh! Elle espérait que personne ne verrait plus loin que la différence de leurs couleurs d'yeux ou de cheveux parce qu'elle ressemblait beaucoup trop à sa cousine pour sa sécurité.

– Est-ce que Thad est là en ce moment? demandait Pam à Ethel. (Puis, sans attendre la réponse :) Je cours le voir. Ça fait si longtemps! Est-ce que c'est toujours un horrible *macho* ou est-ce qu'il s'est assagi avec l'âge?

– Voyons Pam, faut pas parler comme ça!

– Allons, Eth. Les temps ont changé depuis que tu flirtais avec ton petit copain dans la cour de ton école de campagne.

– Paméla Durant, cessez de dire des bêtises!

Un éclat de rire fut la réponse de Paméla. Elle s'enveloppa dans son châle et annonça qu'elle serait sans doute absente tout l'après-midi.

– Je vais passer voir les Burrus; je suppose que le vieux Bob est marié maintenant. Quant à Johnny, lui, il ne se fixera jamais.

– Vous savez très bien que Bob n'est pas marié, et qu'il ne risque pas de l'être, mam'selle. Faut pas vous payer ma tête.

Il faisait nuit noire quand Paméla rentra. Elle s'effondra dans un fauteuil, étendit les jambes et alluma une cigarette.

– Zut! Thad doit aller à Elisabeth City comme un fait exprès, juste le lendemain de mon arrivée!

Hesty somnolait dans son fauteuil : elle ouvrit un œil et émit un grognement. C'était suffisant pour Pam qui poursuivit d'un ton maussade :

– Je parierais n'importe quoi que c'est encore cette Darnette. Je croyais qu'il en avait fini avec elle quand elle l'a laissé tomber pour se marier; eh bien, non, elle est de nouveau en circulation et elle lui a remis le grappin dessus, d'après ce que j'ai entendu dire. Cette vieille sorcière! Est-ce qu'elle est déjà venue ici?

Hesty ronflait doucement. Pam se tourna vers Lyle. Celle-ci haussa les épaules : elle ne se souvenait pas avoir rencontré quelqu'un répondant à ce nom.

– Elle avait épousé... comment s'appelait-il déjà?... Un type du Currituck qui avait gagné un paquet d'argent en transformant sa ferme en rendez-vous de chasse à la mode. Naturellement, il était riche avant qu'elle l'épouse. Maintenant elle l'a quitté, ou c'est lui... je ne sais plus. En tout cas, c'est la catastrophe : le pauvre Thad a toujours été poire avec elle. Elle se dit sûrement qu'il ferait un bon mari maintenant qu'il est architecte... même s'il ne veut rien savoir pour bouger d'ici. Elle a toujours détesté cette île. Ah!... Lambert, voilà le nom que je cherchais... le nom du mari de Cora.

– Paméla, dit Lyle, si ça ne vous ennuie pas, je vais monter me coucher. De toute façon, je ne sais rien là-dessus.

– Pourquoi? Vous ne voulez pas bavarder? vous êtes au-dessus de ça?

– Pas du tout. J'ai pour principe de ne pas parler de ce que je ne connais pas, c'est tout.

Lyle se rendit compte que sa phrase était insupportablement prétentieuse; mais ces paroles avaient au moins l'avantage de couper court à une conversation qui devenait gênante.

– Par tous les saints du paradis! voilà ce qu'il nous fallait pour égayer un peu cette vieille maison! une pieuse et sainte personne! Alors, Lyle, si vous ne daignez pas descendre jusqu'à nous, simples mortels, qu'est-ce que vous diriez d'une édifiante partie de dominos avant le chocolat du soir et le dodo?

Lyle sourit malgré elle. Pam lui rendit gentiment son sourire.

– Désolée, Lyle. Je suis insupportable, tout le monde le sait... Et puisque j'en suis à faire pénitence, pardon aussi pour vous avoir reléguée dans le cachot! Mais j'aime autant ça pour vous que pour moi.

– Le cachot? Ah, la petite chambre sous le toit! Ça ira très bien. Je savais que vous aviez un droit sur l'autre. Mais j'ai attendu la dernière minute pour déménager.

– C'est normal. Mais attention! S'il pleut, écartez votre lit du mur, ça vaudra mieux.

Dans les jours qui suivirent, Lyle vit peu Paméla : celle-ci avait tous les jours une foule de projets, auxquels étaient mêlés, le plus souvent, les deux frères Burrus. Bob, l'aîné, était un homme calme, au teint bronzé; il approchait de la trentaine et traitait Paméla en gamine un peu envahissante. Johnny, le cadet, taquinait sans répit Hesty et Ethel : son sourire charmant et malicieux allumait des étincelles de plaisir dans leurs yeux fatigués. Johnny avait envers Lyle des manières aimables et désinvoltes. Paméla lui lançait d'ailleurs des regards noirs lorsqu'il devenait trop familier. Mais aucun d'eux ne proposa à Lyle de les accompagner dans leurs sorties.

Par un caprice habituel au climat de la région, le temps se mit brusquement à la pluie et à la tempête. Ethel se réfugia dans son lit avec une bouillotte et un flacon de liniment. Hesty était irritable et n'avait pas l'esprit au travail. Cela faisait assez bien l'affaire de Lyle qui, par suite de la défection d'Ethel, avait déjà sur les bras toutes les corvées domestiques.

Elle se refusait, même en son for intérieur, à admettre que Thad lui manquait. Il n'était pas encore revenu d'Elisabeth City. Cora Lambert y était-elle pour quelque chose? Cette idée lui était fort désagréable. Par des bribes de conversation entre Pam, Hesty et Ethel, elle avait appris que cette Cora Lambert, née Darnette, avait été l'inspiratrice de la maison de Thad. Il n'avait pas eu un mot de commentaire quand elle s'était mariée. D'après Pam, il avait simplement achevé la maison et s'y était installé comme si rien n'avait changé.

Aussi illogique que ce soit, Lyle supportait mal qu'un homme aussi hautain que Thad, et qui semblait invulnérable, se laisse humilier par une femme. Elle connaissait trop par expérience la douleur d'être repoussée pour la souhaiter à son pire ennemi. En tout cas, l'ambiguïté de ses sentiments envers lui n'était pas sans la troubler...

4

– Seigneur! vous avez l'air d'un cadavre qui aurait une fièvre de cheval!...

Voilà comment Paméla accueillit Lyle au petit déjeuner.

– Merci, marmonna Lyle en se laissant tomber sur une chaise.

Il avait plu toute la nuit. Elle s'était réveillée, glacée et frissonnante, dans un lit à moitié inondé, les yeux brûlants, la tête cotonneuse. Le temps de s'habiller et de descendre, la tête cotonneuse avait fait place à une migraine épouvantable.

– Mauvaise nuit, hein? fit Pam avec sympathie. Je vous avais dit de déplacer votre lit. Si ça continue, nous allons tous partir à la dérive. Dès que ça ira mieux, je vais grimper sur ce toit et colmater les plus grosses fissures, au besoin avec des parapluies.

– Pour ça non, mam'selle. Que je n'entende plus dire que vous allez grimper sur le toit! s'écria Ethel.

– Ne t'inquiète pas, Ethel. Bob et Johnny m'aideront. Ils me doivent bien ça après toute l'huile de coude que j'ai dépensée sur leur bateau.

La porte de la cuisine s'ouvrit; Pam se retourna et s'exclama :

– Thad!

Lyle se leva aussitôt pour chercher de l'aspirine et cacher son visage en feu.

– Comment ça va, Pam? Je t'ai manqué?

– Comme si tu ne le savais pas! Qu'est-ce qu'il y a à Elisabeth City, pour que tu te précipites là-bas dès que j'arrive? D'ailleurs, si tu t'imagines que je ne le sais pas!

Un éclair passa dans les yeux de Thad.

– Tu passes un peu les bornes, Pam, tu ne crois pas?

– Mais, Thad, elle n'est pas...

– ... pas du tout ton affaire, acheva-t-il sans élever la voix.

Et il se tourna vers Lyle.

– Bonjour, Lyle. Vous n'avez pas l'air en forme, ce matin.

– Merci beaucoup, répondit-elle, un peu acerbe. D'après Pam, j'ai l'air d'un cadavre qui aurait une fièvre de cheval.

– Cette petite a la langue trop bien pendue, n'est-ce pas? commenta-t-il, flegmatique.

Et il donna une petite tape sur le dos de Pam qui se levait pour lui servir le café.

Hesty entrait au même moment. Thad la fit asseoir, tandis qu'Ethel commençait à battre quelques œufs supplémentaires.

– C'est pour quoi faire cette médecine? interrogea Ethel.

– Pour le mal de tête.

Lyle remplissait un verre d'eau pour avaler les comprimés. Thad le lui prit des mains.

– Vous n'avez encore rien mangé, n'est-ce pas? demanda-t-il en examinant son visage défait.

– Je crois que je n'ai pas grand-faim, murmura-t-elle.

Elle essaya de reprendre le verre, mais Thad le vida dans l'évier. Lyle lui lança un œil mauvais qui ne parut pas l'émouvoir.

– Asseyez-vous et prenez d'abord un peu d'omelette. Après, si vous en avez encore besoin, il sera toujours temps de prendre un comprimé, lui prescrivit-il.

Agacée par son ton supérieur, Lyle se rebiffa :

– Ne me dictez pas ce que je dois faire.

– Alors, ne faites pas de bêtises.

Il la prit par les épaules et la fit asseoir, malgré sa résistance. Avant qu'elle ait eu le temps de s'y opposer, il se mit à lui masser les muscles à la base du cou.

– C'est dur comme un caillou, remarqua-t-il. Les gens roux sont toujours crispés, c'est bien connu.

– La couleur des cheveux n'a rien à voir avec ça. D'ailleurs, c'est à la tête que j'ai mal, pas à la nuque, ronchonna-t-elle.

Malgré tout, elle commençait à se détendre. Les mains robustes de Thad avaient un effet magique. Elle ferma les yeux un instant : c'était comme s'ils étaient seuls tous les deux.

– Eh bien, dis donc! On est aux petits soins pour le personnel, dans cet établissement!... Tu n'as pas une place pour moi, Hesty? fit Pam, facétieuse.

– Ne sois pas effrontée, gamine, riposta sa grand-tante.

– Tenez, Lyle, mangez-moi ça, fit Ethel en apportant son omelette. Après, vous n'aurez pas besoin de comprimé pour vous remettre la tête en place. Moi, mes jambes, c'est une autre affaire, ça m'a lancé toute la nuit.

– Inutile d'insister, Ethel, je ne vous masserai pas, fit Thad dans un éclat de rire.

Il caressa doucement les bras de Lyle avant de la lâcher et d'aller s'asseoir.

Ces minutes d'étrange intimité s'étaient envolées; mais, chose surprenante, le mal de tête aussi. Lyle éprouvait un profond sentiment de bien-être en contemplant les quatre personnes assises là, autour de la table : comme elles avaient pris rapidement une grande place dans son existence! Elle souhaitait maintenant n'avoir jamais à les quitter.

Hélas, ce rêve ne tarda pas à voler en éclats : Thad annonçait l'arrivée imminente des parents de Pam. Hesty s'exclama :

– Medwin? Ma foi, il n'a pas passé Noël ici depuis... voyons voir... 1967! L'année où les jumeaux de Lorrie ont eu l'appendicite ensemble : on en a parlé dans le *Coastland Times,* je relisais l'article pas plus tard qu'hier.

– Grand Dieu, qu'est-ce qu'il veut encore, celui-là? s'écria Pam.

– Probablement la même chose que vous, mam'selle. Et puis, ne dites pas « celui-là » en parlant de votre papa.

Pam reprit, changeant de ton :

– La dernière fois que j'ai eu de ses nouvelles, *père* chéri était à Key West. Je ne vois pas ce qui lui prend de vouloir venir ici à la dure. A moins qu'une mouche l'ait piqué...

Tandis que Paméla, au grand effroi d'Ethel continuait à parler avec cynisme de ses parents, Lyle était reprise de migraine. Elle se leva et prit un comprimé d'aspirine. Thad la regardait avec une indulgente sympathie; il eut un haussement d'épaules résigné, auquel elle répondit par un sourire.

– Bon, c'est pas tout, ça, mais quelqu'un ferait

bien de me dire où je vais les installer, déclara Ethel.

– Oh, mon Dieu! c'est vrai, gémit Pam. Thad, tu ne pourrais pas les héberger par hasard?

– Malheureusement non. J'attends les Simpson, des vieux amis de la famille. Je suis au complet, pour ainsi dire.

Pam trancha la question :

– Parfait. Alors, Lyle va avoir droit à quelques jours de vacances. Elle a sûrement de la famille et des amis avec qui elle aimerait passer Noël. Ça tombe à pic.

Elle parlait de Lyle comme si celle-ci était absente.

– Et quand arrivent-ils, Thad, mes père et mère?

– Le 22. Ils resteront jusqu'au 25.

– Le jour de Noël? Parfait. Lyle, vous prendrez votre congé pendant ce temps-là (Elle dressait ses plans comme un jeune général.) Je vais m'installer dans la chambre de Lyle – quelle preuve d'amour filial! et maman et papa coucheront chez moi. Voilà, c'est arrangé. Dès que la pluie cessera, j'irai chercher Bob et Johnny pour qu'ils montent sur le toit boucher les trous. Que ça coule sur Lyle, c'est une chose. Mais pas sur moi!

Elle avait l'air de plaisanter, mais Lyle n'en était pas si sûre que ça. Ethel avait vu clair : Pam disait toujours ce qu'elle pensait.

Lyle pensait avec appréhension aux vacances qui approchaient. Elle refusait de s'avouer combien elle était déçue d'être exclue de leurs projets. C'est à peine si elle se rappelait le dernier vrai Noël qu'elle avait vécu avec ses parents : un cocktail à San-Francisco dans une indescriptible cohue de gens de télévision pouvait difficilement passer pour une fête de famille. Et voilà maintenant qu'elle allait manquer celle-ci. Sans compter que Thad devait en faire partie...

Un jour, Pam fit son apparition, vêtue d'une des deux robes qu'elle portait en alternance avec ses jeans. Elle se laissa tomber dans le rocking-chair d'Hesty, alluma une cigarette et demanda sans préambule :

– Dis-moi, Lyle, tu as déjà été fiancée?

Lyle se mit à rire.

– Oh, non, Dieu merci!

– Je m'en serais doutée, reprit Pam, avec sa franchise un peu vexante. Même pas un flirt?

– Non, pas vraiment. Pourquoi?

– Pour rien. (Elle haussa les épaules.) Et tu crois au mariage?

Sans la moindre hésitation, Lyle affirma qu'elle y croyait. Après tout, Reade et Julia avaient été parfaitement heureux ensemble, même si, comme parents, ils laissaient un peu à désirer. Lyle s'imagina tout à coup avec Thad Creed... Bien vite, elle chassa cette image de son esprit.

– Et vous, Pam, vous avez quelqu'un en vue?

– Tu ne penses tout de même pas que je marche dans toutes ces histoires de « fidélité jusqu'à ce que la mort nous sépare », etc.? Si tu veux mon avis, c'est un truc pour enrichir les avocats. Non, si je suis jamais attirée par un homme... pour de bon, je veux dire, je commencerai par vivre avec lui. *Si* tout va bien et *si* on décide d'avoir des enfants, alors je pourrai envisager de me marier.

– En somme, si ça ne va pas avec le premier, vous en essayez un deuxième, puis un troisième, et ainsi de suite, commenta Lyle, moqueuse. Ce n'est pas un peu facile? Aucun lien, pas d'engagement. Et où cela s'arrête-t-il?

– Ah la la! tu parles comme ma mère. Elle s'estime comblée par son déjeuner-bridge hebdomadaire, son rendez-vous hebdomadaire chez le coiffeur et sa dispute hebdomadaire avec papa pour les sous.

– Ça ne se passe pas forcément comme ça, répondit Lyle avec assurance.

Elle n'aurait pu dire exactement d'où lui venait cette certitude; mais elle en était convaincue : pour certains heureux élus, l'amour existait vraiment et le mariage était alors une union véritable qui donnait à la vie son sens et son équilibre. Mais Pam continuait :

– De toute façon, je serai bien trop occupée avec mon hôtel pour me marier.

– De quel hôtel parlez-vous?

– Mais de l'hôtel Durant : *Knob House Hotel.* Hesty m'a promis la maison. Elle sait bien que si papa met la main dessus, il aura tout vendu dans les huit jours. Hesty a l'esprit de famille et elle me fait confiance. Et moi, je sais comment m'y prendre pour que la maison soit rentable.

Là-dessus, Pam se mit à lui expliquer ses plans. Aussi surprenant que cela puisse paraître, ils étaient parfaitement réalisables.

Après dîner, l'ambiance amicale entre les deux jeunes filles se prolongea. Pam suivit Lyle dans sa chambre. Elle lui demanda de la tutoyer, comme elle-même le faisait déjà spontanément. Lyle accepta volontiers. Désireuse de ne pas parler de ses projets pour Noël – ou plutôt de son absence de projet – Lyle fit dévier la conversation sur le chapitre vestimentaire.

– J'aime bien la robe que tu portais hier, commença-t-elle timidement. Elle est d'un très joli violet, mais elle ne va pas avec ton sweater noir.

– Tu as raison. C'est aussi mon avis. Bob trouve ridicule de porter tout le temps des robes longues. Moi, ça me plait. Ça fait assez romantique.

Stupéfaite, Lyle fit allusion aux grosses chaussures qu'elle traînait du matin au soir.

– Oh, j'en ai d'autres, mais celles-ci sont tellement confortables! Et puis, maman, ça la rend malade! ajouta-t-elle avec un sourire malin. Mais toi, d'où sors-tu tes affaires? Du marché aux puces?

– C'est si vilain que ça?

Lyle était d'autant plus chagrinée qu'elle savait bien que c'était vrai.

– Tu ne serais pas mal du tout si tu faisais un effort pour t'habiller et te coiffer un peu mieux. Qu'est-ce qui t'oblige à t'habiller dans un genre tellement démodé?

– Je ne peux pas faire grand-chose avec mes cheveux, ils frisent trop. Le chignon, c'est pratique : je ne suis pas tenue à ces terribles « rendez-vous hebdomadaires chez le coiffeur » comme tu disais si bien, fit Lyle, taquine.

– Un point pour toi! D'ailleurs, c'est bien à moi de parler de cheveux! J'ai souvent réfléchi à ce que je pourrais faire avec les miens, mais je ne vois vraiment pas... Mais toi, pourquoi ne profiterais-tu pas des vacances pour faire un effort d'élégance? reprit-elle. Histoire d'inaugurer la nouvelle année. Ça pourrait changer bien des choses.

– Changer quoi à quoi?

Lyle trouvait plutôt comique la tournure que

prenait la conversation étant donné leur allure présente à toutes les deux.

– Je ne sais pas, moi. Par exemple tu pourrais éviter à ce vieux Thad un destin pire que la mort.

– Qu'est-ce que tu entends par là?

– Je l'adore et ça me désole de le voir de nouveau embarqué avec cette chère Cora. Elle est sur le sentier de la guerre et ce pauvre amour est une proie rêvée pour elle. Si je n'avais pas d'autres chats à fouetter, je m'en serais mêlée moi-même. Tu sais que Hesty avait le projet de nous marier? Elle ne t'en a jamais parlé?

– Vous marier? Toi et Thad?

– Ça a l'air d'une blague, non? Thad n'a jamais fait attention à moi, et toutes les filles de l'île sont folles de lui. Il a l'air, comme ça, d'une brute. Mais il est épatant et... *sexy,* si tu vois ce que je veux dire.

Lyle essayait vainement d'imaginer une union entre Thad et Pam.

– Est-ce qu'il n'est pas un peu trop âgé pour toi? hasarda-t-elle.

– J'ai dix-huit ans et demi, et lui il doit avoir... disons dans les trente-quatre ans. L'ennui, c'est que je le connais depuis que je suis toute petite. Il ne m'a jamais considérée comme une adulte. Cela ne me serait jamais venu à l'idée de me marier avec lui. C'est Hesty qui s'était mis ça en tête : elle voulait réunir le dernier Creed et la dernière Durant. Et voilà que Cora l'a enlevé à tout le monde. C'est une honte. Je suis sûr que c'est un merveilleux amant.

Pam se leva, et se regarda dans la glace avant de sortir. Soulagée, Lyle s'allongea sur son lit : elle aurait été bien embarrassée d'avoir à expliquer à Paméla la rougeur qui avait envahi son visage...

Lyle avait décidé qu'elle irait à Nags Head dans un motel tout neuf dont Thad avait parlé à Hesty. L'idée de se trouver juste au bord de l'océan lui souriait.

Le 21, tard dans la soirée, elle descendit sa valise dans le coffre de sa Volkswagen. En se retournant, elle vit arriver Thad.

– Vous partez ce soir? fit-il en l'abordant.

– Non. Je me prépare pour pouvoir m'en aller demain matin de bonne heure.

Il eut un regard amusé pour la petite voiture cabossée. Evidemment, elle ne ressemblait guère à son étincelante Mercedes; mais elle s'était vaillamment comportée pour arriver jusque dans l'île.

– Vous avez un pneu avant fatigué. Quand avez-vous fait vérifier le parallélisme pour la dernière fois?

– Vérifier quoi? demanda-t-elle, perplexe.

– Dites-moi, mon petit, depuis combien de temps avez-vous une voiture?

– C'est ma première. Je l'ai achetée pour venir ici. Pourquoi?

– Vous avez besoin d'un ange gardien, fit-il d'un ton condescendant.

Vexée de son attitude dédaigneuse, Lyle, d'un claquement sec, referma le coffre, lui tourna le dos et s'en alla. Non, mais, vraiment! comme si tous les gens qui achetaient une voiture devaient être des mécaniciens de génie! Lyle, dont les compétences mécaniques se bornaient à utiliser proprement un ouvre-boîtes, avait été très fière de passer son permis de conduire du premier coup.

– Attendez! ordonna Thad, en l'attrapant par le

bras. Je ne vais pas vous laisser partir pour Dieu sait où avec ce tas de ferraille sans voir ça d'un peu plus près. Rentrez, je serai de retour dans un moment.

– Où allez-vous? demanda-t-elle, en dégageant son bras.

– A la station-service. Où sont les clés?

– Sur le contact, où voulez-vous qu'elles soient? répliqua-t-elle, indignée.

– Bien sûr, voyons! fit-il, découragé. C'est tellement plus simple pour les voleurs!

Il se mit au volant. Lyle éprouva un malin plaisir à le voir tout recroquevillé dans un espace aussi restreint : bien fait pour lui, le grand dadais!

Hesty et Ethel étaient sur le point de se rendre à l'église pour l'office spécial de l'Avent. En temps normal, Lyle se serait fait une joie de les accompagner. Elle s'efforça de se donner à elle-même de bonnes raisons de rester, refusant d'admettre qu'elle attendait tout simplement le retour de Thad.

Quand il revint, elle était seule dans le salon. Il lui lança les clés et s'adossa au mur pour lui faire son rapport. Tout était au point : les pneus, l'huile et l'essence; la batterie semblait en assez bon état.

– Jusqu'où allez-vous? demanda-t-il.

Lyle haussa les épaules, se creusant la tête pour trouver une réponse qui n'entraîne pas d'embarrassantes questions.

– Je ne sais pas trop. Ici et là... Mais je serai rentrée le 25 dans la soirée.

– A votre place, je ne roulerais pas davantage que le strict nécessaire avec cet engin. Si vous devez faire beaucoup de route, prenez la voiture de quelqu'un d'autre.

– Oh! ne faites pas tant d'histoires! A propos, combien vous dois-je pour l'essence et la mise au point?

En allant chercher son porte-monnaie elle passa tout près de Thad; il la saisit et l'attira contre lui.

Elle aurait pu l'éviter car il l'avait fait de façon délibérée, sans se presser. Mais il n'y avait aucune désinvolture dans la manière dont il la tenait maintenant, lui caressant le dos et la serrant de plus en plus fort jusqu'à mêler leurs souffles.

– Il faut compenser les occasions perdues : cela va me manquer, Lyle, de ne pas pouvoir vous embrasser sous le gui.

La bouche de Thad effleura la sienne, si légèrement d'abord qu'elle pensa rêver. Puis il eut comme une sourde plainte : le baiser se fit plus agressif, avide, savourant sans retenue la douceur de ses lèvres. Eperdue, elle n'était plus entre ses bras qu'une proie palpitante.

Quand il relâcha enfin son étreinte, elle vacilla. Il la contempla, comme égaré. Les lèvres gonflées et qui tremblaient encore de leur défaite, elle avait le visage terriblement pâle.

– Grand Dieu, fit-il en un souffle, votre présence est pour moi un désastre, Lyle Camden. Si j'avais le moindre bon sens, je fuirais d'ici avant qu'il soit trop tard.

– Que voulez-vous dire? murmura-t-elle.

Aussitôt, le regard brûlant de Thad se fit glacial, ses traits se figèrent en un instant, redevinrent de marbre. Elle en fut plus bouleversée encore.

– Pour une rouquine maigrichonne, pleine de taches de rousseur, pas sophistiquée pour un sou et mal attifée, vous avez une étrange recette pour m'ensorceler, dit-il d'une voix saccadée. J'ai dû rester enterré ici trop longtemps.

– Peut-être bien, monsieur Creed, répondit-elle sèchement.

Elle le toisa, attrapa son porte-monnaie, en sortit quelques billets.

– Tenez, je pense que cela suffira pour ce que je vous dois. Vous n'auriez vraiment pas dû vous déranger.

Elle lui tendit l'argent. Il ne broncha pas. Elle posa les billets sur la table et sortit.

Quatre à quatre, elle monta à sa chambre. En bas, la porte d'entrée claqua à en faire trembler les vitres. Depuis la salle de bains, Pam cria :

– Qu'est-ce que c'est que tout ce boucan?

Lyle, par un prodigieux effort, réussit à répondre calmement :

– Oh, rien! J'avais oublié quelque chose, je suis remontée le chercher.

Elle tomba en travers de son lit et se mit à pleurer en silence.

Lyle accueillit avec joie les nappes de brouillard tiède qui balayaient la plage. De *Knob House* à son motel de Nags Head, elle n'avait mis que deux heures. A peine arrivée, elle sortit se promener le long du rivage : les rayons irisés du soleil d'hiver faisaient de vains efforts pour percer le brouillard.

Les deux premiers jours, elle passa le plus clair de son temps en promenades solitaires; parfois, elle emportait un sandwich qu'elle mangeait dans un creux des dunes. Elle aimait mieux cela que de dîner, seule à une table, dans une salle à manger d'hôtel, bondée de familles entières.

Le brouillard se condensa en une pluie fine qui semblait devoir être éternelle. Lyle, dans sa petite voiture, allait et venait sur le boulevard de la plage, s'arrêtant de place en place, un peu au hasard. Elle s'efforçait de ne pas penser à Thad. Il ne s'était pas gêné pour lui dire crûment qu'il la trouvait grotesque, sans beauté, mal habillée, et pas du tout sophistiquée! Si, par deux fois, il l'avait embrassée, c'était uniquement par une sorte de jeu cruel, parce qu'elle n'arrivait pas à lui cacher l'attraction qu'il exerçait sur elle.

Lyle ne supporta bientôt plus d'errer sur la plage déserte : son esprit y était livré sans défense à ses conflits intimes. Elle ne pouvait pas davantage demeurer seule dans sa chambre à longueur de journée. Elle décida donc de courir les magasins pour y choisir de petits cadeaux-souvenirs pour ses amies.

Elle était aux prises avec la serrure rétive de sa portière, lorsqu'elle s'entendit appeler; elle se retourna : c'était Stan Merrill.

Il l'examina rapidement de la tête aux pieds : la consternation se peignit sur son visage. Il ne put s'empêcher de lui demander :

– Mais...qu'est-ce qui t'arrive? Tu t'es déguisée pour voyager incognito, ou quoi?

– C'est une longue histoire. Mais ça ne vaut pas la peine d'en parler.

En homme bien élevé, il parut gêné de sa réflexion peu courtoise. Lyle s'empressa de lui demander ce qu'il faisait dans la région : Il était en reportage pour la fête de l'aviation, l'anniversaire du Premier Vol, à Kitty-Hawk. Ils décidèrent de passer la journée ensemble. Comme Lyle n'avait pas envie de rester en tête-à-tête avec lui, elle l'entraîna dans les magasins. Ensuite, ils déjeunèrent au restaurant. Ils avaient posé à côté de leur table le panier où s'entassaient les petits cadeaux destinés à Hesty, Pam et Ethel, et un grand carton avec une robe pour Lyle. Une voix connue, soudain, les interpella :

– Lyle? Il m'avait bien semblé reconnaître cette chevelure carotte! Est-ce bête, j'ai oublié votre nom de famille! roucoulait Cora Lambert.

Tout en ne quittant pas des yeux le visage de Stan – d'une beauté assez conventionnelle – elle leur demanda si Thad était avec eux.

– Non, il n'est pas là... Madame Lambert, je vous présente Stan Merrill. Stan, voici Cora Lambert.

Cora se joignit à eux, c'était inévitable. Bientôt, elle et Stan bavardaient ensemble, laissant Lyle à ses pensées. Les dites pensées étaient en train de prendre une pente indésirable, lorsqu'elle entendit Cora demander, en montrant les paquets :

– Des cadeaux de Noël, je présume?

Ce fut Stan qui répondit :

– Oui, sauf le grand carton. C'est une robe qui semblait faite pour Lyle : j'ai insisté pour qu'elle la prenne. Elle ne peut pas se promener comme ça, déguisée en émigrante, étant donné qui elle est...

Vivement, Lyle lui coupa la parole :

– Stan, si tu as fini de déjeuner, j'aimerais bien aller un peu sur la plage.

Elle savait parfaitement ce qu'il allait dire quand elle l'avait interrompu. Mais maintenant, ses propos pouvaient laisser entendre que c'était lui qui lui avait offert cette robe! Et dire qu'elle l'avait achetée sur son insistance! Elle aurait préféré maintenant ne l'avoir jamais vue...

Lyle passa la veillée de Noël seule dans sa chambre, avec un livre. Stan avait certainement rejoint Cora à une soirée dont elle lui avait parlé. Grand bien leur fasse! Si seulement elle pouvait ne jamais les revoir, ni l'un ni l'autre! Ce qui était sûr, c'est que Stan ne ferait plus jamais partie de ses rêves : les sentiments qu'elle avait pu avoir pour lui appartenaient au passé; quand une page est tournée, elle est tournée!

Le lendemain, avant le départ, elle se promena encore longtemps sur la plage. Le vent avait chassé le brouillard : le temps était clair et froid, l'air vivifiant; l'écume de mer, emportée par le vent, volait partout sur la dune. Cette promenade eut le même effet sur elle qu'une douche glacée : elle lui permit de se laver de sa rancune envers Stan, de sa dégradante jalousie envers Cora, et même de son attirance stérile pour Thad.

C'est dans cette heureuse humeur qu'elle parvint au sommet d'Oregon Inlet Bridge. Le fabuleux spectacle du soleil, sombrant en un incendie de couleurs dans la rade de Pamlico Sound, était à vous couper le souffle. Aussi, dès qu'elle eut franchi le pont, elle chercha un endroit pour s'arrêter : elle souhaitait revenir à pied se promener quelques instants sur les passerelles aménagées de chaque côté pour les pêcheurs. Roulant au ralenti, elle avisa une place idéale : trop tard, elle était déjà passée! Un coup d'œil en arrière avant d'amorcer le demi-tour pour revenir en coupant la ligne médiane, un autre coup d'œil rapide à droite et à gauche...

Dans un épouvantable crissement de pneus, un assourdissant fracas de tôles déchirées, elle fut brutalement projetée en avant, dans sa ceinture de sécurité : elle était pourtant certaine qu'il n'y avait aucune voiture en vue quand elle avait commencé sa manœuvre!...

Un bref et profond silence suivit ce grand tumulte avec, dans sa tête, un curieux drip, drip, drip, persistant. Puis quelqu'un hurla. Elle n'eut le temps de penser à rien : on la sortait avec précaution de la carrosserie accidentée.

– J'ai tout vu! Je v'nais chercher des amorces pour ma ligne, la p'tite dame arrivait de là, et l'aut'type débouchait du virage à toute allure!

Peu à peu, la tête de Lyle s'arrêta de tourner... elle reprit conscience de ce qui l'environnait, étonnée de se sentir intacte. Quelques pêcheurs l'entouraient, et trois hommes en uniforme. Une demi-heure plus tard, installée dans le poste de garde-côtes le plus proche, on lui versait force rasades de café trop sucré tout en l'accablant de questions. Mis à part les courbatures et les douleurs, tout cela était comme irréel, avec une étrange sensation de « déjà vu », comme dans les cauchemars. Soudain, une voix familière la tira de sa torpeur :

– Allez, venez, Lyle. Attendez-moi dans la voiture. Je vais m'occuper des formalités.

Etait-ce une apparition née de son vœu le plus cher? Elle le crut un instant.

– Thad! Comment se fait-il que vous soyez là? Comment l'avez-vous su? fit-elle d'une voix tremblante.

C'était elle qui avait dû donner machinalement son numéro de téléphone aux garde-côtes. Mais ce qui était sûr, c'est que la seule personne au monde qu'elle souhaitait voir, celui dont elle avait besoin, c'était cet homme qui, avec le plus grand calme, l'emmenait maintenant vers sa voiture.

5

Dans la Mercedes, en attendant le retour de Thad qui avait pris en charge toutes les démarches, Lyle ne pouvait s'arrêter de trembler malgré la chaude couverture dont il l'avait enveloppée. Les yeux fixes, elle regardait droit devant elle; mais elle ne voyait ni les chardons des dunes ni les compagnies d'oies toutes blanches, évoluant en cercle au ras des rives marécageuses de Pamlico Sound. Elle revivait indéfiniment cette fraction de seconde où elle avait entendu le tintamarre épouvantable qui réveillait en elle un souvenir atroce.

– Cessez d'y penser!

Thad était de retour, elle ne s'en était même pas aperçue. Il se glissa à côté d'elle, lui intimant l'ordre de se secouer, d'une voix grave, d'un ton sans réplique.

– Pensez à quelque chose d'autre, n'importe quoi. Détournez votre esprit de ce qui vient d'arriver. C'est fini. Personne n'est blessé. Vous avez une sacrée chance d'en être quitte pour si peu.

– Je sais bien, murmura-t-elle.

Il mit la voiture en route. Ils roulèrent vers le Sud. Lyle regardait toujours droit devant elle; cela ne l'empêchait pas de deviner l'expression sévère qu'avait prise le visage de Thad, comme s'il contrôlait à grand-peine sa colère.

– Oh!... dites quelque chose! Ne faites pas une tête comme ça! supplia-t-elle.

– Très bien, je vais dire quelque chose : votre voiture est complètement fichue.

– Mais... mais comment peut-elle être fichue? Il n'y a que mon pare-chocs arrière qui a été heurté.

– Oui, cette fois-ci. Mais elle a sûrement été démolie avant que vous l'achetiez. Vous n'avez pas à vous balader dans une voiture aussi mal en point, ignorante comme vous l'êtes de la mécanique.

– Mais comment vais-je pouvoir circuler?...

Et brusquement elle fondit en larmes. La digue était rompue : elle pleurait sans pouvoir s'arrêter, de plus en plus fort, de plus en plus amèrement, tout entière secouée de sanglots.

Sans un mot, Thad rangea la voiture sur le bas-côté de la route et coupa le contact. Il l'attira à lui, lui serra la tête contre sa poitrine et la retint de force jusqu'à ce qu'elle cesse de se débattre.

Lyle pleurait toujours, incapable de maîtriser les sanglots qui l'agitaient. Peu à peu, elle prit conscience des mots tendres qu'on murmurait dans ses cheveux, de la main qui, doucement, lui caressait le dos. Quand elle fut un peu calmée, il la fit adroitement changer de position : elle se retrouva, pour ainsi dire, dans ses bras, la tête enfouie dans son cou.

Les pleurs s'apaisèrent, insensiblement; elle reniflait seulement de temps à autre... elle sentit que Thad lui glissait un mouchoir dans la main.

– Ça va mieux? demanda-t-il.

– Heu... je... heu... je vous demande pardon; je suis un vrai bébé, fit-elle dans un murmure.

– Pas la peine de vous excuser, assura-t-il de sa voix grave et profonde.

Dans la demi-obscurité de la nuit tombante, Lyle examinait son visage : elle distinguait les rides légères qui, du coin de l'œil, se déployaient en petites pattes d'oie, les sillons beaucoup plus marqués qui encadraient sa bouche et la découpe orgueilleuse du nez.

– Comment avez-vous su ? demanda-t-elle.

– Un radio-téléphone du shérif-adjoint. Par chance, j'ai reçu le message au moment où je quittais la maison : une minute plus tard, je le manquais. En venant, j'ai grillé un feu à un croisement, ma jeune dame : si je récolte une contravention, je vous en ferai cadeau. Qu'en dites-vous ?

– Entendu, acquiesça-t-elle moitié riant, moitié tremblant. Je vous dois bien ça, et plus encore. Merci, Thad. Je... je... je ne sais ce que j'aurais fait sans vous.

Il reprit la route et resta silencieux jusqu'à l'embranchement qui menait à la maison. Après avoir hésité, il gara la voiture sur le bas-côté.

– Qu'est-ce qu'il y a ? Pourquoi s'arrête-t-on ici ?

– Lyle, j'ai beaucoup de peine d'avoir à vous le dire... Hesty a eu une crise cardiaque hier.

Couvrant les exclamations anxieuses de Lyle, il poursuivit rapidement :

– Ce n'est pas trop grave, si on peut dire qu'une crise cardiaque n'est pas grave. Surtout à son âge...

– Mais je ne savais même pas qu'elle avait le cœur fragile ! s'écria Lyle, désemparée, oubliant ses propres soucis.

– Personne ne le savait, sauf, peut-être Ethel.

– Mais pourquoi n'en a-t-elle jamais rien dit à personne?

Il haussa les épaules :

– Qui sait? Par fierté, je pense. Et puis elle ne voulait sans doute pas fournir un prétexte à Medwin pour la mettre dans une maison de retraite.

– Mais il ne ferait pas ça... il ne pourrait pas le faire contre sa volonté, n'est-ce pas? Et pourquoi? Il sait bien que la maison ne sera pas pour lui. Pam m'a dit...

– Pam? Oui, je suis au courant de ses projets d'« Hôtel Durant ». Ce n'est d'ailleurs pas une mauvaise idée, et ça amuse beaucoup Hesty.

– Elles se ressemblent beaucoup, n'est-ce pas?

– Pour ce qui est du tempérament, sans aucun doute. Mais physiquement, Pam ressemble plutôt à sa cousine.

– A sa cousine? Quelle cousine? demanda Lyle, interloquée.

– Lyle, vous ne croyez pas qu'il serait temps de mettre fin à vos cachotteries?

Thad s'exprimait avec une tranquille assurance. Stupéfaite, Lyle comprit enfin ce qu'il voulait dire.

– Comment avez-vous deviné?

– Quelque chose a fait « tilt » et tout s'est mis en place. Je suis même surpris que vous ayez pu croire qu'on ne s'apercevrait de rien.

– Mais encore?

– Rappelez-vous : la première fois que je vous ai vue, je vous ai prise pour Pam. Il faisait trop nuit pour distinguer la couleur de vos cheveux et, dans la pénombre, des yeux bleu-nuit ou des yeux bruns, ça ne fait pas de différence. En revanche, je distinguais nettement votre visage : ce grand front bombé, ces pommettes, ce petit nez droit, légèrement retroussé; et surtout ce menton, volontaire au possible, marqué d'une fossette irrésistible, la fossette de Cupidon, identique à celle de Pam. J'avoue que par la suite, la couleur flamboyante de vos cheveux roux m'a un peu fait oublier le reste.

– Alors, qu'est-ce qui vous a mis sur la voie? murmura-t-elle. Comment avez-vous compris...

– Que vous étiez la petite nièce de Hesty, la petite-fille de George Putnam? Votre nom. Je ne suis pas totalement inculte : il m'arrive d'aller au concert ou de regarder la télévision. Camden. Cela ne m'a pas frappé sur le moment. C'est un peu plus tard que j'ai fait le rapprochement : Camden et Durant.

– Vous savez tout maintenant, soupira-t-elle.

Elle en ressentait un vrai soulagement : enfin, elle pourrait être elle-même! Ce serait si bon de n'avoir plus à jouer la comédie. La voix encore pleine de larmes, elle l'interrogea à nouveau :

– Alors, vous savez aussi que... en juillet dernier, mes parents sont...

– Oui, mon petit, je sais cela aussi. Si vous le pouvez, essayez de ne pas y penser. En tant que parente de Hesty, de nouvelles responsabilités vous attendent. Medwin et Pauline sont partis hier soir. Pauline est définitivement hystérique. Le pauvre vieux Medwin ne vaut guère mieux. Je n'arrive encore pas à comprendre comment ils ont réussi à élever Paméla. Bon... de toute manière, il va falloir s'organiser. Comme je ne vois pas très bien Pam jouer les garde-malades, j'ai demandé une infirmière. Mais on ne sait pas quand on en trouvera une. Conclusion : vous êtes toute désignée pour vous occuper de Hesty. En aurez-vous le courage?

– Vous croyez que j'en suis capable? demanda-t-elle avec inquiétude.

– J'en suis absolument sûr. N'oubliez pas votre fameux menton volontaire, et le cran des Durant, sans compter les qualités qui vous viennent de votre père. Vous vous en tirerez à merveille.

Sur ce, il reprit la route, laissant Lyle à ses pensées.

Vu l'état d'urgence, Ethel avait cédé à la malade le petit appartement qu'elle occupait au premier étage. Lyle s'avança sur la pointe des pieds.

– Vous dormez? demanda-t-elle timidement à la forme minuscule perdue dans le lit immense. Je suis là...

– Approche, approche, ma petite; viens ici dans la lumière, que je puisse te voir.

La voix grêle avait perdu beaucoup de sa force, mais rien de son autorité : Lyle en fut un peu rassurée; elle s'approcha du lit.

– Alors, on me dit que vous n'avez pas été sage pendant mon absence; c'est vrai? fit-elle affectueusement.

– Si tu avais eu à supporter ces deux imbéciles, Medwin et Pauline, tu ne t'en serais pas mieux tirée que moi. Installe-toi et raconte-moi comment ça s'est passé. Tu t'es trouvé un fiancé pendant les vacances?

– Un fiancé? Non. Mais je me suis trouvé une grand-tante... si elle veut bien de moi.

Il y eut un silence. Lyle percevait vaguement la rumeur indistincte d'une conversation lointaine devant la maison, que couvrait le tic-tac inlassable du réveil sur la petite commode encombrée de photographies.

– Alors, tu es la petite-fille de Putnam, dit Hesty d'une voix étrange. Mon cœur me l'avait dit, mais ma pauvre tête va moins vite. C'est donc ça qu'Ethel voulait insinuer l'autre jour!

– Vous voulez dire qu'Ethel s'en doutait?

Lyle était éberluée : elle se demandait ce qui pouvait bien mijoter encore sous le crâne de la gouvernante grognon. C'est vrai qu'elle devait connaître la généalogie des Durant mieux que la sienne.

– Elle m'a dit que les Durant, un jour ou l'autre rentraient toujours au nid, les roux comme les bruns. J'ai cru qu'elle parlait de Medwin, mais lui est un vilain brun, et toi, ma petite, tu es rousse...

Ses vieilles joues flétries prirent soudain une teinte plus colorée et Lyle, émue, vit des larmes qui brillaient dans ses yeux.

– Comment vous sentez-vous, Hesty? Tante Hesty?

Lyle prit timidement une de ses mains ridées dans la sienne.

– Ne t'inquiète pas, je vais remonter la pente encore une fois et nous allons pouvoir mettre à jour le dernier chapitre de notre histoire.

Elle sourit à Lyle :

– Ça m'a fait vraiment du bien, tu sais. Va, maintenant, et envoie-moi Ethel. Nous en reparlerons demain.

Thad attendait : il semblait inquiet et fatigué. Il emmena Lyle au salon, pendant qu'Ethel montait hâtivement et que Pam allait à la cuisine faire du café.

– Asseyez-vous, vous avez l'air d'être sur le point de vous écrouler, fit-il vivement. Comment a-t-elle pris ça?

Il la conduisit au canapé et s'assit à côté d'elle. Lyle resta songeuse un moment, sans rien dire. Puis elle lui confia :

– Eh bien vous savez, elle n'a pas paru vraiment surprise. Elle m'a dit qu'Ethel le lui avait même déjà laissé entendre. C'est curieux.

Thad lui prit la main, jouant distraitement avec ses doigts.

– Je pense que rien ne doit plus vous surprendre quand on se trouve si près de l'autre rive...

– Elle n'a pas dit grand-chose, remarqua Lyle, un peu déçue.

– Elle ne pouvait pas, pas tout de suite. Elle a eu une journée pénible, elle sait qu'elle doit ménager ses forces. Ce sera pour demain. Elle va vous garder près d'elle et vous accabler de questions sur votre mère et votre grand-père. Vous vous sentez d'attaque?

– Pas maintenant. Mais quand le moment sera venu, oui. Je ne pourrai d'ailleurs pas lui apprendre grand-chose sur mon grand-père. Ma mère ne l'a jamais connu. Mais le plus drôle, c'est que je n'en sais guère plus sur maman que sur lui. Heureusement qu'en ce qui la concerne, je pourrai toujours en apprendre davantage dans les revues et les journaux...

Elle éclata d'un rire aigu, si perçant et si peu naturel que Thad fronça les sourcils. Il lui prit les deux mains.

– Regardez-moi, Lyle. Il faut vous ressaisir... tout de suite.

Elle le fixa : on pouvait lire dans ses yeux une sombre détresse.

– Ecoutez-moi : il y a quelques heures, vous avez été victime d'un accident. Il y a quelques mois, vous en avez subi un autre, beaucoup plus grave, qui a coûté la vie à vos parents. Vous m'entendez? Lyle! Arrêtez!... s'écria-t-il en la secouant alors qu'elle luttait pour se dégager. Il faut regarder les choses en face. Pour Hesty, pour vous-même, vous devez faire le point et repartir sur de nouvelles bases.

Alors Lyle se mit à parler. A parler de Reade et de Julia, de leur immense talent, de leur beauté, de leur élégance, de ce rayonnement extraordinaire qui, à chaque rencontre, leur créait de nouveaux amis.

– Thad, maman était d'une telle beauté! Elle aussi était rousse, mais d'une nuance châtain, lumineuse.

– Vous ont-ils rendue heureuse, Lyle? Avez-vous partagé leurs triomphes?

– Oh oui!... Non... Oh, je ne sais pas, Thad!

Elle se détourna, l'air pitoyable.

– C'est moi qui les ai rendus malheureux. Imaginez ce qu'ils pouvaient éprouver quand ils devaient me présenter à un de leurs amis : une grande godiche rousse qui passait par toutes les couleurs de l'arc-en-ciel et ne pouvait pas dire bonjour à quelqu'un sans danser d'un pied sur l'autre à en user les tapis!... D'abord, ils avaient l'air beaucoup trop jeunes pour avoir une fille qui, dès quatorze ans avait l'air d'une grande asperge montée en graine... Il n'y avait pas une seule chose de moi dont ils puissent être fiers, Thad, pas une! J'étais laide à faire peur et je chantais comme une casserole!

– La simple joliesse n'a rien à voir avec la beauté, Lyle. Mais admettons : vous chantez faux et vous avez des taches de rousseur. Y a-t-il quelque chose à ajouter pendant que nous y sommes? Laissons de côté votre mauvais goût pour vous habiller; j'en ai parfaitement compris les raisons : vous vouliez vous déguiser, dissimuler votre jeunesse, dans l'espoir que personne ne se poserait de questions sur cette jeune fille qui se cachait dans les bois avec deux vieilles dames.

Brisée par l'émotion, Lyle restait silencieuse.

– Ecoutez-moi bien : fini de vous apitoyer sur vous-même. Maintenant vous devez prendre conscience de votre personnalité. Qu'importe ce que vos parents ont pu souhaiter que vous soyez! Si vous vous étiez accommodée de leur vie de vedettes, vous seriez devenue quelqu'un de tout à fait différent, vous ne pensez pas?

Il lui souriait, et son regard était si chaleureux que le cœur de Lyle battait à tout rompre.

– Je ne crois pas que j'aurais aimé vivre à Hollywood!

– Je ne vous imagine pas là-bas non plus, mon ange. Toujours est-il que si aujourd'hui vous avez la force de pardonner à vos parents, vous serez sur la bonne route. Mais, si vous vous complaisez dans l'amertume, l'amertume vous rongera le cœur. Lyle, comprenez-vous ce que j'essaye de vous dire?

Tout engourdie, Lyle hocha la tête.

– Je pense que oui. Mais j'ai besoin de temps, Thad. C'est trop à la fois.

Elle était encore toute tremblante. Comme elle aurait voulu emporter la chaleur de ces mains d'homme pour le temps où elle allait se retrouver seule, face à ses pensées!

– A propos, j'ai récupéré votre robe neuve dans la voiture. Vous trouverez la valise et tout le reste dans le vestibule, y compris les pièces à conviction de vos joyeuses vacances.

– Quelles pièces à conviction? demanda-t-elle, interloquée.

– Les brochures et cartes postales qu'une petite fille malheureuse et solitaire achète dans toutes les boutiques en faisant la navette le long de la plage quand elle n'a rien de mieux à faire, fit-il avec une telle douceur qu'elle en fut bouleversée.

– Oh, Thad, arrêtez! cria-t-elle avec un rire nerveux.

– Arrêter quoi?

– D'être si gentil avec moi!

– Entendu, âme sensible... Mais si vous sentez votre petit cœur chamboulé, pensez à toutes les fois où vous auriez souhaité me couper le cou!

De son poing sous le menton, il lui releva doucement la tête. Puis il l'attira à lui et prit ses lèvres. Ce qui aurait dû être un simple baiser de consolation prit tout à coup un tour différent quand elle s'y abandonna. Il la repoussa vivement avec une exclamation étouffée. Elle tenta de se rapprocher de lui mais il se leva et, en guise d'adieu, lui fit un petit signe de la main.

– Ça va aller maintenant?

Lyle se raidit contre sa propre faiblesse : après tout, il n'avait cherché qu'à la consoler...

– Oh! ça va très bien. J'ai seulement la sensation d'avoir été mise en pièces et recollée un peu trop souvent aujourd'hui. Alors, c'est promis? Vous ne serez pas aussi gentil avec moi la prochaine fois? Ce n'est pas... ce n'est pas normal, acheva-t-elle avec un fragile sourire.

Hesty accepta simplement sa nouvelle nièce, sans grandes démonstrations. L'accueil d'Ethel fut encore plus réservé : elle hocha plusieurs fois sa tête grise en affirmant avec une certaine aigreur que la petite allait commencer à se plaindre de l'humidité de sa chambre, maintenant qu'elle n'était plus une employée, mais une parente.

Pam fut la dernière informée. Elle dévisagea Lyle plusieurs minutes et conclut :

– Je pense que tu ne seras ni meilleure ni pire que le reste de la bande. Nous voilà donc quatre

Durant maintenant. A moins que tu ne nous réserves encore des surprises...

– Non, il n'y a que moi, répondit Lyle sans s'émouvoir.

Et elle fournit à Pam quelques renseignements succincts sur sa famille, sentant bien que cela lui serait plus facile tout de suite que plus tard. Puisque aussi bien c'était la soirée des confidences...

Lyle n'aurait pas cru que les noms de Camden et Durant signifieraient quoi que ce soit pour sa cousine : Pam ne lui semblait pas une habituée des concerts ni une fanatique de la télévision. A l'évidence, elle s'était trompée, car Pam, dont l'expression avait totalement changé, s'exclama, flattée et presque respectueuse :

– Grand Dieu! Il faut que je dise ça à maman tout de suite! Elle qui a toujours eu le plus parfait mépris pour les Durant! Parce que sa famille à *elle* faisait partie du monde littéraire. Mon grand-père s'est ruiné à diffuser de la poésie de pacotille... Tu vas voir ça! elle va sans doute vouloir écrire un bouquin sur ses impressions de parente des célébrissimes Camden et Durant. Telle que je la connais, dans six semaines, elle aura été intime avec eux!...

– Ce ne serait pas la première fois que ce genre de chose arrive, remarqua Lyle en riant.

Les considérations insolentes de Paméla sur la famille l'amusaient beaucoup. Elle se rendit compte, quelques instants plus tard, qu'elle n'éprouvait aucune amertume à l'idée qu'on pourrait exploiter commercialement la réputation de ses parents. Sans doute avait-elle exorcisé ses fantômes jusques et y compris celui de Stan Merrill qui, lui aussi, aurait bien voulu se servir de leur gloire...

Hesty avait décrété que Pam avait des mains comme des marteaux de forgeron et qu'Ethel n'était qu'une vieille folle pleurnicheuse. Seul le comportement calme et adroit de Lyle semblait apaiser la vieille dame, chaque jour plus irascible au fur et à mesure que les forces lui revenaient.

– Frotte-moi le dos avec de l'eau de Cologne, Lyle, ordonnait-elle (elle prononçait : *iou de Cologne...)* C'est bien le diable si je n'ai pas des trous dans le dos le jour où le docteur me permettra de me lever... Ce jeune blanc-bec!

Le jeune blanc-bec en question, qui devait avoir la cinquantaine, vint d'abord deux fois par jour, puis une seule fois. Lorsque la convalescence s'affirma, il continua de lui faire une petite visite chaque fois qu'il consultait dans les environs. Thad venait aussi la voir très souvent. Et Lyle s'arrangeait toujours pour être présente à ce moment-là.

Trois semaines environ après la crise cardiaque de Hesty, Lyle s'aperçut que Thad l'évitait. Dès qu'il se trouvait seul avec elle, il inventait aussitôt une bonne raison pour s'en aller. Lyle avait beau s'interroger, elle ne voyait absolument pas en quoi elle avait pu le contrarier.

C'était déroutant. Et tout à fait gênant : il ne se figurait tout de même pas qu'elle avait mal interprété sa gentillesse? La croyait-il assez folle pour s'imaginer...?

Très bien. Elle serait donc aussi froide avec lui qu'il l'était avec elle! Elle pouvait parfaitement disparaître à chacune de ses visites. Il suffisait d'un peu d'astuce.

Elle réussit à l'éviter pendant près d'une semaine. Un jour qu'elle sortait en courant par la porte du jardin, il entra dans la cuisine, les bras chargés de paquets, se débrouillant comme il pouvait pour ouvrir la porte avec son coude.

– Hé, attendez une seconde! Prenez cette maudite volaille voulez-vous? Elle vient de m'inonder.

Il avait en effet une tache humide sur le devant de sa chemise. Devant son air penaud, Lyle réprima un sourire.

– Ça ne vous fera pas de mal. On dit que la sauce de poulet est bonne pour les douleurs.

– En usage interne, peut-être, mais pas en cataplasme. S'il vous plaît, passez-moi une serviette. Où courez-vous comme ça? On ne vous voit plus jamais.

– Je suis très occupée.

Il semblait mal à l'aise : cela ne déplut pas à Lyle. Chacun son tour! Et bien fait pour lui!

Thad restait là, à la regarder envelopper le poulet dans une feuille d'aluminium. Lyle portait sa plus vieille robe : elle avait passé la matinée à déménager les affaires de Hesty qui restaient encore dans son ancienne chambre. Elle avait les cheveux tout ébouriffés d'avoir fouillé dans le fond des placards. En un mot, pour ce qui était de la tenue, elle avait l'air absolument lamentable. Tant mieux, pensa-t-elle, comme ça il ne s'imaginera pas que je cherche à le séduire. Elle souffla pour dégager une mèche qui lui tombait sur la figure.

– J'ai besoin de vous, dit Thad en esquissant un geste pour lui remettre cette mèche derrière l'oreille.

Sa main s'attarda. Lyle ressentit vivement ce contact et leva les yeux vers lui : il semblait avoir perdu le fil de sa pensée et restait planté là, presque décontenancé.

– Pourquoi avez-vous besoin de moi? fit-elle avec impatience.

Elle voulait lui faire croire qu'elle était pressée. Mais lui prenait tout son temps :

– Ces cheveux..., ils sont tellement vivants! Je vous l'ai dit dès le premier soir, quand vous rôdiez autour de la maison...

– Je ne rôdais pas! Maintenant, laissez mes cheveux tranquilles et dites-moi ce que vous avez à me dire. Je n'ai pas que ça à faire, vous savez.

– A propos, vous allez avoir un peu plus de temps libre. Le Dr Titus a finalement mis la main sur une infirmière, Mauncey Midgette. A partir de demain, elle viendra de 8 heures à 2 heures de l'après-midi.

– On n'a pas besoin d'infirmière, lança Lyle, contrariée.

– Mais si! Vous allez bientôt être à bout de forces, Lyle.

– Ethel et Pam s'occupent de la maison, affirma-t-elle.

– Ethel et Pam sont censées s'en occuper. Mais il est bien évident qu'Ethel passe le plus clair de son temps à soigner ses douleurs. Quant à Pam, elle court après Bob et Johnny, matin, après-midi et soir. Vous ne pouvez pas tout faire toute seule, Lyle, avec la meilleure volonté du monde. Vous commenciez juste à vous retaper un peu et aujourd'hui vous avez l'air d'un épouvantail : des poches sous les yeux, les os à fleur de peau. Continuez comme ça et Titus aura deux malades sur les bras au lieu d'une.

– Merci de vos aimables paroles, monsieur Creed, fit-elle, sarcastique. Vous m'êtes d'un grand réconfort. Sachez, pour votre gouverne, que je n'ai jamais été grassouillette. Et quant à mes prétendues poches sous les yeux, eh bien... oh, et puis fichez-moi la paix! Il faut que je mette ce poulet dans le réfrigérateur et ensuite il faut...

– Ensuite, il faut que vous vous asseyiez et que vous preniez une tasse de café avec moi : je vous expliquerai comment vous pouvez me sortir d'un mauvais pas.

D'un geste souple, avec dextérité, il sortit deux tasses à café. Lyle claqua la porte du réfrigérateur et se dirigea vers la cuisinière.

– Vous allez être obligé de vous contenter de l'instantané, dit-elle, agressive.

– Cela m'ira très bien, répondit-il, flegmatique.

– Parfait. Alors, qu'attendez-vous de moi?

– Ce que vous êtes gracieuse, ma charmante! plaisanta-t-il.

Il finit tout de même par lui expliquer son problème : il avait invité plusieurs personnes à dîner pour le vendredi suivant. Et voilà que Berthalee, sa fameuse perle, serait justement absente ce jour-là pour d'impérieuses raisons familiales. Il avait donc besoin de quelqu'un pour la remplacer.

– Mais, je ne suis pas sûre d'en être capable, fit-elle, hésitante.

– Ce n'est pas difficile, Berthalee va tout préparer d'avance et le mettre dans le congélateur.

Elle contemplait, indécise, les petites flammes d'or qui dansaient dans ses yeux. Diable d'homme! Que n'avait-elle continué à le fuir!

– Allons, Lyle, ce n'est pas une grande affaire : dégeler les plats, les passer au feu, donner un petit air de fête à la maison, et servir, naturellement.

Il avait pris son air malicieux. Lyle se sentit comme un vertige au cœur en comprenant quel rôle il lui avait réservé : elle serait la maîtresse de maison! Et cette idée semblait beaucoup amuser Thad : il savait très exactement ce qu'elle venait de penser, comme si, à distance, il gouvernait son esprit et son cœur. Oh! elle l'aurait battu!

– Je ne suis pas du tout certaine d'avoir envie de jouer l'hôtesse chez vous... A mon avis, quelqu'un d'autre ferait bien mieux votre affaire.

– Peut-être, mais c'est à vous que je l'ai demandé. Vous êtes adroite et vous pourrez courir ici et là s'il manque une de ces petites choses de dernière minute qui tracassent toujours les femmes.

– Bon... c'est entendu. Vous avez dit vendredi?

Elle savait bien que rien ne lui ferait manquer l'occasion de jouer la maîtresse de maison pour cet homme-là! Mais quand même, pour que son orgueil soit sauf, elle lui répondit que *si* l'infirmière était à son poste, *si* Hesty n'y voyait pas d'inconvénient, *si* rien ne se produisait d'ici là, elle se ferait un plaisir de se décarcasser pour lui.

– Très bien, cher petit cactus épineux... et *si* vous tentez de revenir sur votre parole, il pourrait vous en cuire, plus que vous ne pouvez l'imaginer.

Elle rougit. Il sourit.

L'arrivée de Mauncey Midgette dans la maison avait eu sur tout le monde un effet apaisant. C'était une forte femme, dans la quarantaine; elle traitait Hesty avec un subtil mélange de respect et d'autorité, si bien qu'elle était parvenue à lui faire accepter un régime que Lyle avait dû renoncer à lui imposer.

– Elle me fait du bien à mes jambes, avait déclaré Ethel le premier jour, en dépliant une paire de bas à varices. Tant qu'elle restera en dehors de ma cuisine, on s'entendra bien.

Ce qui, pour un début, était une haute marque d'estime de la part d'Ethel.

Lyle avait profité d'un moment où Thad rendait visite à Hesty pour courir chez lui voir l'état des lieux. Après un rapide coup d'œil au congélateur, elle se sentit capable de composer un menu simple et délicieux. Elle passa alors dans le salon pour imaginer une décoration florale.

En extase devant les admirables proportions et l'ameublement superbe de la pièce, Lyle en oublia un moment la mission dont elle était chargée. Le plafond était haut, d'une éclatante blancheur, soutenu par de grosses poutres apparentes dont la couleur brou-de-noix s'harmonisait à merveille avec les lambris satinés. Au lieu du sempiternel ameublement américain moderne, Thad avait choisi un ensemble de tapis d'Orient d'une grande beauté et deux canapés recouverts d'indienne noire, rouge brique, et or. Des coussins ventrus promettaient le suprême confort. On avait dispersé un peu partout des bibelots anciens et des petits chefs-d'œuvre d'artisanat.

On pouvait, naturellement, y ajouter des fleurs. Pourtant, une meilleure idée commençait à germer dans la tête de Lyle : pourquoi ne pas utiliser l'abondante variété de plantes vertes qu'elle avait sous la main ?

En rentrant, Lyle croisa Thad qui sortait de la maison. En réponse à son œil interrogateur, elle lui fit un signe de la main, le pouce en l'air : tout va pour le mieux. Elle entra rapidement, sans lui laisser le temps d'engager la conversation.

Le vendredi matin, jour de la fameuse soirée, Pam passa la tête à la porte de la chambre de Lyle; celle-ci finissait de se coiffer avant de descendre pour le petit déjeuner.

– Tu as une minute? Je peux te demander quelque chose?

– Naturellement. De quoi s'agit-il?

– Pour ce soir, tu sais, cette espèce de dîner... Thad m'a invitée avec Bob, et... voilà : je ne sais pas du tout comment on s'habille pour aller dans le monde. Je veux dire que je me sens perdue dès qu'il faut mettre autre chose que des jeans ou des T-shirts.

Lyle eut vraiment envie de rire : l'idée que quelqu'un pût lui demander, à elle, un conseil d'élégance ne manquait pas de saveur.

– Tu es sûre de vouloir mon avis à moi?

– Et de qui d'autre? d'Ethel, peut-être? Même si tu es toi-même un rien fagotée, au moins tu as l'habitude de ce genre de trucs. Je veux dire tes parents...

– Ah oui, mes parents, dit Lyle.

Elle n'avait plus envie de rire : elle se rendait compte que Pam était réellement embarrassée. Le short kaki tout froissé, les souliers de marche, la tenue hippy un peu démodée, tout cela n'était peut-être pas vraiment voulu...

– Eh bien, voyons d'abord ce dont nous disposons, suggéra Lyle en allant à la penderie de Pam.

Le fou rire les gagna peu à peu en faisant un inventaire comparé de leurs garde-robes plus que modestes. Chacune, d'ailleurs, riait plus d'elle-même que de l'autre.

– Tu veux que je te dise? C'est exactement

l'histoire de l'aveugle et du paralytique, conclut Pam.

Elle venait d'essayer la robe de flanelle grise de sa cousine. La couleur ne convenait pas du tout à son teint mat et à ses cheveux châtains.

– Pam, laisse-moi t'arranger un peu la robe bleu lavande, ensuite tu l'essaieras sans sweater dessous. Ça aura beaucoup plus d'allure. C'est une très jolie robe, seulement...

– Seulement mes vêtements ont toujours l'air d'avoir passé sous la roue d'un moulin, c'est ce que tu veux dire? Quand on voyage avec un sac à dos au lieu d'une valise... Tu penses vraiment que cette robe peut m'aller?

Elle l'appliqua sur elle, en pinçant la taille. Elle hésitait :

– C'est un peu décolleté, non?

– Un décolleté raisonnable n'a jamais choqué personne, répliqua Lyle, convaincante.

– C'est que je n'ai pas grand-chose à mettre dans ce décolleté...

– Arrête de jouer les modestes, fit Lyle, taquine. Nous sommes construites sur le même modèle : ce que tu dis de l'une vaut pour l'autre.

– Pas du tout. Toi, tu as des formes. Moi, quelquefois, j'ai l'impression que Bob et Johnny me prennent pour un garçon.

Le sourire donnait à son visage un air mutin. Lyle s'enhardit à lui proposer :

– Pourquoi ne me laisserais-tu pas te coiffer un peu? Tes cheveux ont de très jolis reflets. Tout ce qu'il faut, c'est les relever sur la nuque, pour mettre en valeur ton visage et tes yeux.

– C'est bien à toi de parler! Tu vas encore te faire un chignon bien serré, lança Pam, d'un petit air dégoûté.

– Qui sait? Je vais peut-être te surprendre. Je

me suis acheté une robe d'un genre assez différent; et je vais peut-être me coiffer autrement.

Elles retournèrent dans la chambre de Lyle. Celle-ci plongea dans le fond de son placard pour en sortir le carton qui était resté là depuis le malheureux voyage. Par chance, l'étoffe – du jersey de soie – n'était pas froissée. Lyle tint la robe à bout de bras pour la faire admirer à Pam.

– Oh, Lyle, c'est magnifique! C'est presque la couleur de la glace à la pistache!

Lyle éclata de rire :

– Plutôt de la soupe aux pois! Tu ne crois pas que tout le monde va penser que je suis folle si j'arrive moulée là-dedans?

– Après avoir porté les horreurs que tu as mises depuis ton arrivée, même si tu le voulais, tu n'aurais pas l'air provocant. Pour la provocation, tu manques d'entraînement!

Lyle chercha une aiguille et du fil et se mit à retoucher la robe de Pam. Elle se sentait tout heureuse de cette nouvelle chaleur amicale : cela lui avait tant manqué depuis qu'elle avait quitté Carol.

– Une fois resserrée à la taille et sans le sweater, elle t'ira à merveille... dit-elle à sa jeune cousine pour la convaincre.

– Oui, mais je vais me geler l'estomac. N'empêche que ce vieux Bob va peut-être être étonné. Et Thad aussi, quand il te verra dans ton truc en soie.

– Ne dis pas de bêtises! Pourvu que sa réception soit réussie. Thad ne remarquera même pas comment je suis habillée.

Mais c'était précisément ce qu'elle se demandait... Le remarquerait-il? Elle décida de passer tout le temps qu'il faudrait à se coiffer.

– Oui, parle toujours! fit Pam, moqueuse. Tu voudrais peut-être aussi me faire croire que tu ne feras pas attention à lui, avec son élégant pantalon ajusté et sa chemise qui lui moule les épaules à s'en déchirer?

– Comment peux-tu savoir ce qu'il portera ce soir? demanda Lyle, tout en coupant le fil avec ses dents.

– Oh, une simple intuition, sans doute!... Sérieusement, Lyle, est-ce que tu l'as regardé quand il prend ses airs sauvages? Il y a quelque chose en lui de... comment dire? terriblement attirant. C'est trop bête qu'il me considère toujours comme sa petite sœur!

6

Lyle n'avait pu résister à la tentation de passer au chiffon de laine les meubles déjà étincelants : c'était surtout pour le plaisir de les caresser. Elle avait mis au réfrigérateur les cocktails de crevettes, disposé les huîtres dans la casserole pour qu'il n'y ait plus qu'à les passer au four. Voilà, tout était fin prêt! Ces menus travaux lui avaient un peu rappelé les jeux de son enfance et sa maison de poupée. Avec, tout de même, un petit quelque chose en plus, qu'elle préférait ignorer...

Avant de s'en retourner à *Knob House* prendre son bain et s'habiller, elle entreprit de composer un dernier buisson de plantes vertes. Il y en avait déjà de bien jolis un peu partout dans la maison, mais elle eut une idée de dernière minute : un bac de houx, de pins et de ciriers serait d'un bel effet, sur la table de l'antichambre, devant le plateau de cuivre ancien.

Aïe! en s'escrimant sur un pot de houx, il arrive qu'on se pique un doigt; elle se mit à le sucer tout en cherchant du regard un bac plus large pour y installer sa plante. Là... voilà le pin qui recommençait à glisser; il était vraiment lourd, mais quelle ramure superbe!

Hé là!... un peu plus elle faisait tomber toute l'installation : quelqu'un parlait derrière elle... En se retournant, elle sentit que le houx allait s'effondrer; elle s'y agrippa : trop tard, il était déjà emmêlé dans ses cheveux!

– Vous ne pourriez pas faire attention à ce que vous faites? cria-t-elle, furieuse.

– J'aime tellement mieux admirer ce que *vous* faites, répondit Thad, qui s'amusait visiblement de son embarras.

– Grâce à vous j'ai fait du beau travail! Toute ma décoration est par terre : j'espère que vous êtes content de vous!

Il pouffa de rire.

– Vous avez l'air d'une antique divinité vengeresse couronnée de lauriers et le sceptre à la main...

La colère de Lyle tomba un peu : elle s'imagina avec le houx dans le chignon, une branche de pin à la main, et toutes ces plantes vertes renversées... Elle se mit à rire de bon cœur avec Thad.

– Que le diable vous emporte! A part ça, tout était prêt...

– C'est très beau, Lyle. Jamais cette maison n'a respiré aussi librement. On la croirait habitée.

– Mais, fit Lyle, interloquée, elle est habitée! S'il vous plaît, enlevez-moi tout ce que j'ai dans les cheveux. Il faut que je nettoie tout maintenant.

– Hum, je ne suis pas si sûr qu'elle soit vraiment habitée, murmura-t-il en dégageant avec adresse les feuilles épineuses de ses cheveux ébouriffés.

Devant son air intrigué, il ajouta, de façon un peu obscure :

– Rester ici, c'est une chose. Y vivre, c'est une autre affaire.

Il prit le visage de Lyle dans ses mains et le tourna vers lui.

– Vos yeux sont comme des charbons ardents,

fit-il à voix basse (et elle sentait sa chaude haleine sur son visage). Je ne puis m'empêcher de me demander si je dois y lire une promesse, ou si vous êtes le pauvre oiseau tombé du nid que vous voulez paraître.

Son regard la parcourait maintenant des pieds à la tête : elle prit une conscience aiguë de la méchante robe de coton chiffonné qu'elle portait.

– Une promesse? demanda-t-elle en un souffle.

– La promesse de vos yeux bleus, d'un bleu profond comme la mer. Je me souviens avoir lu quelque part que les yeux bleus sont les plus passionnés. Et puis, il y a votre chevelure, si vivante, si chaude, et votre bouche si attirante qui tremble déjà. Ah, Lyle Camden, que me voulez-vous? Avez-vous froidement décidé de me rendre fou?

Ses mains effleuraient ses épaules, descendaient à ses hanches pour l'attirer contre lui tandis qu'il appuyait son front dans ses cheveux.

– J'ai d'abord cru voir en vous une vieille fille desséchée, puis une adolescente effarouchée; et voilà que vous prenez un autre visage : et je reste là, bouche bée devant un ange roux qui me défie du regard et me tire la langue comme pour me dire : tu ne m'attraperas jamais...

Il la berçait doucement dans ses bras : elle voyait quelque chose trembler au creux de son cou.

– Vous ai-je dit que j'allais maintenant vous donner un long, long baiser? Est-ce pour cela que vous avez l'air si affolé, mon amour? Est-ce de moi que vous avez peur?... ou de tous les hommes?

Elle ne répondait pas, elle ne pouvait pas répondre; le visage de Thad descendait vers le sien : il couvrit de ses lèvres sa bouche tremblante. Le battement de leurs cœurs confondus lui sembla faire chavirer la terre, tandis qu'il l'entraînait toujours plus loin au royaume du désir. Blottie au creux tiède de son épaule, elle le laissait maintenant la caresser à sa guise.

Il abandonna ses lèvres, releva légèrement la tête pour plonger son regard dans le sien. Elle perçut dans ses yeux un éclat nouveau, un subtil changement : sans la moindre gêne, d'un geste naturel, sa main lui caressait la poitrine.

Elle se raidit, effrayée par ces sensations nouvelles qui la submergeaient.

– N'ayez pas peur, ma chérie, je ne vous ferai aucun mal, murmura-t-il. Rien n'est plus naturel que ce que vous ressentez, Lyle. C'est un éveil un peu tardif mais croyez-moi, ayez confiance, je ne vous entraînerai pas trop loin, pas trop vite.

Il murmurait son nom tout contre ses lèvres et c'était comme une autre caresse : de nouveau elle se laissa aller, prisonnière de cette force irrésistible, de cette pénétrante chaleur...

– Thad, mon chéri, tu es là?

Le charme était rompu : la voix claire et harmonieuse qui sonnait tout à coup dans la maison avait fait voler en éclats le fragile bonheur de l'instant.

Pour Lyle, ce fut comme une douche glacée. A peine si elle sentit le sursaut de Thad qui, une seconde, l'étreignit plus fort, avant de la quitter. Un vent polaire s'était soudain levé.

Clouée sur place, Lyle entendait, dans l'entrée, Cora parler de ses bagages et une voix grave qui lui répondait... Lyle eut le sentiment d'écouter aux portes...

Que faire? S'enfuir par derrière la maison? Le temps d'y penser, il était déjà trop tard : Thad entrait avec Cora Lambert. La tête légèrement inclinée, il prêtait l'oreille aux propos de la jeune femme. Impossible de lire ses pensées sur son visage de marbre.

Lyle dévorait Cora des yeux. Elle ne perdit rien des réactions de la nouvelle venue, lorsque celle-ci prit conscience de sa présence : un simple battement de cils, puis des sourcils soigneusement épilés se levant, étonnés, sur un front pâle.

– Chérie, vous vous souvenez de Cora Lambert? Cora, je te présente ma fiancée, Lyle Camden. Tu l'as déjà aperçue à Manteo, mais il est possible que tu l'aies mal vue ce jour-là.

Il n'y avait pas la moindre hésitation dans le ton de Thad. Sur le coup, Lyle ne comprit même pas ce qu'il disait. Au moment où elle ouvrait la bouche pour protester, elle lut sur son visage l'ordre de se taire. D'ailleurs, avant que l'un ou l'autre ait eu le temps d'articuler un mot, Cora s'exclamait :

– Oh! mon chéri, je ne doute pas que tu sois capable de séduire la bonne de Hesty. Mais ta fiancée! Je te connais trop bien et depuis trop longtemps pour me laisser prendre à ton humour.

Son rire était un petit chef-d'œuvre musical. Ses yeux, eux, ne riaient pas : ils transperçaient Lyle d'un regard glacé, tandis que, de sa main aux ongles vernis, elle tirait, gamine, l'oreille de Thad.

J'aurais bien aimé le laisser barboter encore un peu dans cette histoire stupide, mais je ne veux pas lui faire ce plaisir, à elle, se dit Lyle. Elle sourit à Thad, et déclara calmement :

– Il faut que je mette un peu d'ordre dans cette maison; vous voudrez bien m'excuser.

– Merci, ma chérie. Cora restera ici quelques jours; comme Berthalee est absente, tout son travail retombe sur vous... Naturellement, dans la journée, vous pourrez toujours aller à *Knob House* s'il le faut.

Lyle n'aurait pu dire comment elle reprit son souffle pour répondre : les événements se succédaient à une telle rapidité, prenaient de telles proportions!

– Mais certainement, Thad. De toute façon, il faut que je sois ici de bonne heure demain matin pour tout ranger...

Elle eut un petit rire forcé, et, montrant les feuillages qui gisaient toujours à ses pieds :

– Et puisque on parle de ranger...

– Parfait. J'apporte les bagages de Cora; j'irai chercher les vôtres tout à l'heure. Vous pourrez vous installer dans la... mais, suis-je bête! vous connaissez votre chambre.

Une lueur cynique brillait dans les yeux de Thad. Lyle, sentant la rougeur envahir son visage, se demandait dans quelle galère elle se laissait entraîner.

Peut-être aurait-elle fait marche arrière si Cora ne s'était mise à évoquer leur dernière rencontre :

– Eh bien, Thad, si cette jeune personne est réellement ta fiancée, tu ferais bien de la tenir un peu en bride! La dernière fois que je l'ai vue, elle prenait du bon temps avec un ami très, très intime; je parierais qu'elle ne t'en a pas parlé?

Le miel lui coulait de la bouche... Lyle eut un haut-le-cœur devant une telle perfidie. Quel que soit le jeu auquel Thad a voulu jouer, se dit-elle, désespérée, maintenant, tout est fini!

Mais Lyle avait sous-estimé le sang-froid et la maîtrise de Thad :

– Si ça ne te fait rien, Cora, je n'ai pas envie de réchauffer les vieilles histoires : tu connais mes sentiments là-dessus, n'est-ce pas?

Impossible de ne pas saisir l'avertissement contenu dans cette froide réplique. Cora, malgré l'intimité réelle ou prétendue de ses relations avec Thad, n'avait qu'à s'incliner : le ton, plus encore que les mots, lui imposait silence.

Pendant que Cora, sous prétexte de relaxation, s'éternisait dans son bain, Thad avait emmené sa « fiancée » à *Knob House* pour y prendre les effets personnels dont elle avait besoin.

– Ecoutez-moi bien, fit-il rapidement, ce n'est pas le moment des « comment » et des « pourquoi ». De toute façon, je ne suis pas certain que vous comprendriez : à dire vrai, je ne suis pas sûr de bien comprendre moi-même.

Il avait un sourire légèrement grimaçant; cette expression n'était pas sans ressemblance avec celle que Lyle lui avait déjà vue le soir où elle était arrivée à Frisco. Elle en fut frappée, se demandant comment elle avait pu le trouver sans charme. Avec ses traits irréguliers, et son regard intense, il avait tellement plus de personnalité, il était tellement plus captivant qu'une beauté conventionnelle et banale.

– Il faut que quelqu'un mette Paméla au courant. Bob et Johnny aussi, je pense..., fit Lyle, pour voir la réaction de Thad.

– Je m'en charge : je leur dirai juste ce qu'ils ont besoin de savoir. Pendant ce temps-là, grimpez là-haut ramasser vos oripeaux ridicules.

Elle lui lança un sourire provocant :

– Cramponnez-vous, Thad! J'ai une robe neuve et elle n'est pas grise!

– Dieu me protège! Vous faites bien de me prévenir. Mais tout changement ne peut être qu'un progrès! Je vous ai toujours vue déguisée comme pour jouer « les deux orphelines »!

Un peu piquée, elle répliqua, d'un ton caustique :

– A l'époque, ça m'avait paru une bonne idée de prendre l'air vieille et sérieuse. De toute façon, si je vous gêne trop, vous avez toujours la ressource de rompre nos « fiançailles ». Comme je ne sais même pas pourquoi vous avez cru bon de raconter ça...

– Non, Lyle, il est trop tard pour reculer. Vous m'avez pris au piège, comme une femme experte et rouée... En réalité, je ne sais pas pourquoi j'ai eu cette idée saugrenue. Sans doute parce que je n'étais pas disposé à voir Cora revenir dans ma vie comme si elle n'en était jamais sortie.

Timidement elle demanda :

– Vous n'auriez pas pu le lui dire, tout simplement?

– Ce n'est pas si simple. C'est un petit village ici : depuis des générations les gens sont tous plus ou moins liés les uns aux autres. Je ne veux pas déchaîner un conflit avec les parents de Cora qui sont de bons amis. Ni avec sa sœur, dont le mari est un de mes associés en affaires.

– Et vous pensez que cela ne va pas la mettre en colère de vous savoir fiancé avec moi? demanda Lyle, incrédule. D'ailleurs, elle ne vous a pas cru...

Il eut vers elle un regard ambigu :

– Et vous, Lyle, vous m'avez cru?

Tous les instincts de défense de Lyle se mobilisèrent. Elle comprenait soudain et avec déchirement qu'elle souhaitait plus que tout au monde prendre au sérieux la demande en mariage de

Thad. En même temps elle voyait bien quelle erreur fatale elle commettrait : aucun homme, ayant le choix entre la séduisante Cora Lambert et la médiocre Lyle Camden, ne pouvait hésiter un instant. Et peu importait ce que Thad pensait à cette minute même : en fin de compte, il retournerait toujours vers Cora.

– Je crois que vous voulez faire souffrir à Cora une part des tourments dont vous avez souffert quand elle vous a quitté, dit-elle en posant amicalement sa main sur le bras de Thad.

– Je vois que vous prêtez l'oreille aux cancans, coupa-t-il sèchement. Ecoutez-moi, Lyle : il arrive parfois qu'un accident, un événement imprévu, vous arrête et vous contraigne à faire le point pour savoir où vous en êtes et ce que vous attendez vraiment de la vie... Vous, plus que quiconque, vous devez savoir ce que je veux dire par là. Disons que je fais le point... un peu tardivement.

– Et vous pensez qu'il vaut mieux jouer la comédie en attendant de prendre une décision, fit-elle très vite.

Elle vit de nouveau dans ses yeux un regard qu'elle ne put comprendre. Il posa la main sur la sienne, et conclut, calmement :

– Jouer la comédie? Oui, vu les circonstances, cela me paraît le plus sage.

Plus tard, Lyle se dit que Thad avait quand même dû être surpris en la voyant descendre vêtue de sa jolie robe de jersey vert : la coupe en était des plus simples, le corsage ajusté au mieux pour mettre en valeur ses formes féminines, la jupe virevoltant gracieusement autour de ses jambes fines et galbées. Cora elle-même – Lyle le remarqua avec un secret plaisir – l'examina longuement avant de la traiter à nouveau comme quantité négligeable.

Tandis qu'ils dégustaient le café à la fin du repas, au coin du feu, Lyle comprit que tout n'irait pas tout seul. Cora n'avait pas perdu une occasion de rappeler aux autres invités ses relations avec Thad. Cela lui avait été d'autant plus facile que Lyle était constamment occupée. Déjà Jerry et Phoebe Austin, tout comme Carlin et Anna Williams commençaient toutes leurs phrases par : « Cora et Thad... », ou bien : « Rappelle-toi quand Thad et Cora... », ou même : « Maintenant que te voilà revenue, Cora... »

Dans ces conditions, Lyle partait battue d'avance. Thad, au début, avait fait de son mieux : il avait reçu les deux autres couples le bras autour des épaules de Lyle. Il l'avait présentée comme sa fiancée, faisant mine de ne pas remarquer leurs regards étonnés. Mais Cora, à pas de loup, s'était glissée entre eux, demandant, par exemple, que Lyle veuille bien ranger les manteaux dans « sa » chambre puisque les autres penderies étaient pleines; et, pendant qu'elle y serait, qu'elle veuille bien passer à la cuisine chercher d'autres cendriers...

Il y a des petites roueries féminines qui échappent complètement à l'intelligence masculine : dans ce domaine, Cora était une virtuose. Jusqu'au ton condescendant avec lequel elle parlait de Lyle comme de la « petite amie » de Thad, l'accablant de compliments pour le « beau travail » qu'elle avait fait... « n'est-ce pas, mes amis? » Lyle bouillonnait de rage impuissante : le terrain était trop défavorable pour se risquer à affronter directement la jeune femme.

Les hommes étaient lancés dans une conversation animée : ils parlaient bateaux, filets, évoquant la fin de la saison des crevettes, le début prochain du frai de printemps et la remonte des rivières. Quant à Pam, elle était pelotonnée contre Bob et lui consacrait, pour l'instant, toute son attention. Lyle était donc livrée à la tendre sollicitude des deux autres jeunes femmes... qui se trouvaient être de vieilles amies de Cora.

Lyle dissimulait courageusement les blessures de son amour-propre. Mais elle saisit la première occasion pour s'excuser et aller rejoindre Johnny qui était en train de servir à boire.

– Pam m'a dit que vous étiez amateur de musique traditionnelle irlandaise. Quel est votre orchestre préféré? lui demanda-t-elle gaiement.

Là-dessus, ils entamèrent une discussion sur les mérites comparés des différents ensembles. Lyle sentait le regard de Thad posé sur elle : délibérément, elle lui tourna le dos.

Son verre était presque vide : Johnny s'en aperçut, lui demanda ce qu'elle voulait boire et s'en alla lui chercher du ginger-ale.

Lyle en profita pour lancer un coup d'œil vers Thad. Elle croisa son regard fulgurant. Il était aux prises avec Carlin Williams qui, le tenant par l'épaule, lui contait une longue histoire compliquée. Ce devait être le point culminant du récit, mais Thad, à ce qu'il semblait, ne l'appréciait guère : l'éclat métallique de ses yeux où se lisait la fureur foudroyait Lyle d'un bout à l'autre de la pièce.

Et alors? En ce qui la concernait, elle n'avait rien fait pour mériter sa colère. Elle avait tenu son rôle de son mieux dans la farce grotesque de ses fiançailles. S'il s'imaginait qu'elle allait se pendre à son bras et lui faire les yeux doux comme Cora, il pouvait toujours attendre! Elle avait déjà suffisamment servi de cible aux perfides remarques de Cora pour ne pas s'y exposer davantage.

Quand Johnny lui tendit son verre, elle le gratifia d'un sourire nettement excessif. Elle avait préparé le café; Thad s'était chargé d'apporter la lourde cafetière qu'il avait posée sur la table basse. Hasard ou préméditation, il se trouva que Cora était précisément assise à la meilleure place pour servir; Lyle n'allait pas faire une scène inutile, elle la laissa faire sans rien dire. Mais elle refusa la tasse que Cora lui tendait, prétextant qu'elle aimait mieux une boisson fraîche.

Lyle s'en fut avec Johnny s'asseoir sur le pouf de cuir près de la fenêtre.

– Qu'est-ce que vous buvez? lui demanda-t-elle.

– La même chose que vous, avec une goutte de bourbon en plus. Mais, dites-moi, il n'y a pas d'alcool du tout dans le vôtre?

Lyle eut un rire joyeux :

– Pas la moindre goutte! Et si vous m'en mettiez un peu?

Là-dessus, la conversation prit un tour de plus en plus gai. Pam et Bob les avaient rejoints, après s'être attardés un bon moment à la cuisine...

Lyle sentait peser sur elle le regard désapprobateur de Thad. Cela lui donnait de l'esprit comme elle n'en avait jamais eu de sa vie. Au moment des adieux elle était ivre de son succès mondain.

La porte à peine refermée sur le dernier invité, Thad déclara sans détour :

– Cora, tu peux monter te reposer, si tu veux; Lyle et moi nous allons débarrasser tout ça.

– Oh! mais je n'ai pas du tout sommeil, fit Cora

en s'étirant pour mettre en valeur sa silhouette mince mais voluptueuse.

– Il est tard, tu te sentiras bien mieux demain, après une bonne nuit. Lyle t'apportera ton petit déjeuner quand tu voudras.

Avant que Lyle ait eu le temps de réagir, Cora répondit qu'elle prendrait son café vers 10 heures. Elle les dévisagea tour à tour d'un regard un peu trouble.

– Pour l'instant, tu devrais me tenir compagnie pendant que ta petite amie fait le ménage.

– Bonne nuit, Cora. A demain, coupa Thad sèchement.

Devant ce refus sans réplique, même Cora fut obligée de capituler.

Lyle s'apprêtait à se retirer aussi sous un quelconque prétexte. Elle sentait que si elle restait une minute de plus, elle allait dire des choses qu'elle ferait certainement mieux de garder pour elle. Mais Thad lui saisit le bras avec une telle violence qu'elle en cria presque. Il la projeta littéralement dans la cuisine, claqua la porte derrière eux et la rattrapa à la volée pour l'amener face à lui. Saisis d'une égale fureur, ils explosèrent ensemble :

– Qu'est-ce que...

– Qu'est-ce que vous cherchiez exactement ce soir?

La voix de Thad triompha de celle de Lyle qui répliqua :

– Qu'est-ce que je cherchais? Et qu'est-ce que je pouvais bien chercher? J'ai fait la cuisine, j'ai fait le service, j'ai été apporter des cendriers à votre bonne amie. Voilà ce que je cherchais!

– Parlez plus bas! Vous savez parfaitement ce que je veux dire : vous étiez là, avec Johnny, ricanant comme des gamins de quinze ans, tellement occupés l'un de l'autre que vous négligiez les invités! Je n'ai pas l'habitude d'être ridiculisé ainsi, Lyle Camden, et...

– *Vous* n'avez pas l'habitude! Eh bien, moi, sachez que je n'ai pas l'habitude de jouer gratuitement les Cendrillons! Si vous croyez qu'il suffit de me baptiser « fiancée » pour un soir, pour ensuite être dispensé de payer une femme de ménage, vous n'êtes qu'un bel imbécile! Un service à vous rendre, disiez-vous? Eh bien, si c'est comme ça...

– Quand je paie pour être servi, je tiens à ce qu'on me serve! lança-t-il d'un ton blessant.

Ils étaient là, se défiant du regard, à mille lieues de la jolie paillasse turquoise où s'amoncelaient la vaisselle et les reliefs de la fête. Trop aveuglée par la colère et l'indignation, Lyle ne remarqua pas l'expression de Thad.

– Bien, allez vous coucher maintenant, fit-il d'un air las. Tout cela peut attendre à demain. Mais ne croyez surtout pas que j'en ai fini avec vous, Lyle Camden. Je n'ai pas dit mon dernier mot dans cette affaire.

Cette fois, la colère de Lyle déborda, balayant sa stupeur d'un instant. Elle lança avec fureur :

– Une minute, Thad Creed! Qu'est-ce que ça veut dire : vous n'en avez pas fini avec moi?... Eh bien, moi, j'en ai fini avec vous, vous m'entendez? Votre promesse de mariage est encore toute fraîche, vous pouvez la reprendre et vous la... bref!... vous en ferez ce que vous voudrez! J'en ai assez de sauter quand vous me dites : sautez, et de me faire enguirlander par-dessus le marché, parce que je ne saute pas assez haut! J'en ai plein le dos de Cora et de ses amis avec leurs : « Toi et Thad, Cora... » et leurs : « Rappelle-toi quand Thad et Cora ont fait ci... » et leurs : « Rappelle-toi quand Thad et Cora ont fait ça... » Si vous voulez savoir ce que je pense, eh bien, Thad et Cora peuvent se prendre par la main et se fiche à l'eau tous les deux; je les déteste, je les déteste!...

Les larmes lui brouillèrent la vue et l'empêchèrent de voir se transformer l'expression de Thad. Abandonnant les aboiements furieux qui avaient tant blessé Lyle tout à l'heure, ce fut d'une voix presque tendre et un peu moqueuse qu'il reprit :

– Si j'étais naïf, je pourrais croire que vous êtes jalouse.

– Jalouse! De vous? Pour être jalouse il faut être amoureuse et même dans cent mille ans je vous garantis...

– Chut!... Lyle, ne vous aventurez pas dans un avenir si lointain, coupa-t-il doucement. En attendant, nos fiançailles tiennent toujours. J'ai mis Hesty et tout le monde au courant; je ne vais quand même pas me rétracter dès le lendemain.

– Alors, c'est moi qui vais le faire! Vous êtes fou si vous vous imaginez que je vais rester là comme une gourde à regarder Cora vous prendre dans ses filets. Si... si j'avais une alliance, je vous la lancerais à la figure!

– Parlez plus bas, bon sang de bois! lança-t-il rudement.

– Je ne parlerai pas plus bas!

– Alors, il ne me reste qu'à vous y forcer, hein?

Avant qu'elle ait pu esquisser un geste de défense, il l'attira brutalement à lui, écrasant sa bouche sur la sienne. Elle se débattit en vain. Elle le haïssait, elle haïssait sa brutalité, la violence qu'il lui imposait. Il avait passé un bras sur son épaule, glissé sa main dans sa chevelure, lui maintenant fermement la tête : elle était ainsi rivée totalement à lui, totalement sans recours contre sa bouche agressive. De son autre main il lui avait saisi la hanche, la pressait contre son corps pour l'obliger à reconnaître sa virilité. Inexplicablement, elle se sentit soudain répondre à son désir; elle ne résistait plus à la chaleur de son étreinte : les bras passés sous sa veste, elle l'étreignait à son tour le voulant plus proche encore. Comment avait-il bousculé ses défenses alors qu'elle était hérissée de colère? elle n'aurait su le dire. Mais dès qu'elle eut commencé à lui céder, elle en ressentit comme une ivresse soudaine et lui rendit son baiser avec une fureur dont elle ne se serait jamais crue capable.

Et voici que le baiser de Thad se transformait : au lieu de s'imposer, il l'appelait maintenant... Ce n'était plus une agression mais une tendre caresse, presque une prière. Lyle sentit alors les forces lui manquer, ses jambes ne la soutenaient plus...

– Ne vous dérangez pas pour moi!

C'était Cora, bien entendu! Son ton était tel que Lyle eut l'impression d'avoir été traversée par une scie électrique.

– Je viens juste chercher quelque chose à boire. Tu devrais dire à ta petite amie de ne pas mettre tant de sel dans les plats, Thad. Au cas, où il lui arriverait encore de te faire la cuisine...

Longtemps après avoir posé la tête sur l'oreiller, Lyle était encore en proie à un incontrôlable vertige. Elle ne comprit pas comment elle parvint à s'endormir cette nuit-là. Mais l'exceptionnel confort de son lit, peut-être aussi la fatigue accumulée ces dernières semaines finirent par l'emporter.

Elle fut malgré tout bien heureuse de bénéficier de quelques heures de repos supplémentaires en arrivant le lendemain à *Knob House.* Ni Thad ni Cora ne s'étaient montrés avant son départ. Tout en tenant compagnie à Hesty, elle se sentait encore sous le coup d'un échec qui la révoltait.

– Assieds-toi, ma fille. Tu as l'air d'avoir avalé un gros crabe tout cru!... Y a pas de raison de faire cette tête-là quand un homme comme Thad te fait la cour.

– Qu'est-ce que vous en savez?

Lyle enrageait littéralement. Après ce qui s'était passé cette nuit, elle était décidée à mettre un point final à toute cette histoire; ce n'est que par égard pour l'état de santé de Hesty qu'elle se retenait de faire un éclat. Elle se ressaisit un peu pour s'expliquer plus calmement :

– Cela a été une erreur dès le départ. Thad a certainement cru que ce serait une bonne chose, bien que je ne comprends toujours pas ce qui lui est passé par la tête. De toute façon je veux en finir et je le lui dirai dès que je le verrai.

– Si tu t'imagines, mon enfant, que c'est toi qui vas dicter sa conduite à Thad, tu te fais des illusions. Je le connais depuis sa naissance. J'avais même pensé le marier à Pam. Mais ce n'est pas du tout une fille pour lui, à la réflexion. Non, ce garçon a besoin de quelque chose d'autre. Et je suis contente qu'il soit débarrassé de cette femme. J'ai poussé un soupir de soulagement, je peux te le dire, quand il m'a annoncé vos fiançailles.

Déroutée, Lyle comprit que Thad n'avait pas dit toute la vérité à Hesty. Etait-ce délibérément, pour lui en faire accroire? Ou bien était-ce tante Hesty elle-même qui, dans son désir d'unir les deux familles avait compris de travers? Et Pam? Est-ce qu'elle y croyait aussi? Il fallait voir Thad pour tirer tout cela au clair.

Elle n'avait pas encore vraiment recouvré son calme. Et voilà que Hesty se lançait dans de vieilles histoires du temps passé où Lyle retrouvait des noms qui lui étaient devenus familiers. Elle écoutait d'une oreille distraite, toujours absorbée par ses soucis personnels.

Comment se tirer de ce pétrin où elle s'était mise? Après toutes ses belles résolutions, elle avait été assez sotte pour se laisser guider par ses impulsions aveugles! Si elle avait le moindre bon sens, elle fuirait à des milliers de kilomètres de cet homme qui maintenant envahissait son existence. Voilà ce que Lyle se disait, sachant très bien que plus rien n'y ferait, ni le temps ni la distance... c'était trop tard...

– Mais, vas-tu me répondre, Lyle? Est-ce que tu as quelque chose à dire à cela?

Le ton irrité de Hesty ramena Lyle à la réalité.

– Pardon, tante Hesty, je dors debout; je me suis couchée trop tard.

– Tu as mal dormi? Tu regrettais mon bon lit de plumes, hein? Tiens, je vais vous en offrir un, à Thad et à toi, comme cadeau de mariage.

– Bonjour! Je peux entrer?

C'était Thad qui passait la tête à la porte. Lyle se leva d'un bond... et se rassit aussitôt : ah, non alors! il ne s'imaginait tout de même pas qu'elle allait se sauver devant lui! Elle partirait quand elle aurait décidé de partir, et pas avant!

– Entre, entre, mon fils. J'étais justement en train de dire à Lyle que je vous ferai cadeau d'un de mes lits de plumes pour votre mariage.

Thad se mit à rire et Lyle eut l'impression que ce rire lui dégringolait en cascade le long de la colonne vertébrale. Avec rage elle l'entendit accepter sérieusement le cadeau de Hesty, lui dire à quel point ils en seraient ravis tous les deux... Les lèvres serrées, elle lui lança un regard noir; pour toute réponse, elle aperçut une odieuse petite lueur diabolique dans ses yeux.

– J'ai une proposition à vous faire, mon petit lapin, fit-il d'un air guilleret, comme si rien ne s'était passé.

– Sans vouloir vous déplaire, j'ai déjà eu plus de propositions de votre part qu'il ne m'en fallait.

Cela le fit encore rire. Vraiment cet individu semblait d'humeur plaisante, ce matin!

– Elle est gaie et dynamique, n'est-ce pas Hesty? Elle me fait souvent penser à vous, ma petite Durant préférée! Dommage que vous n'ayez pas voulu de moi, ma chère bonne amie : je vais être obligé de me contenter du second choix...

Hesty gloussa à en perdre haleine. Elle battait des mains comme si cette plaisanterie était la plus drôle qu'elle ait entendue depuis des années.

– Vous n'êtes pas curieuse de connaître ma proposition, Lyle?

– Pas spécialement. Rien de ce que vous avez à proposer ne m'intéresse, si vous voulez savoir la vérité.

– Epouse-la et mets-la dans ton lit, ça lui fera le plus grand bien, lança Hesty avec un petit rire qui fit monter aux joues de Lyle cette rougeur qu'elle détestait.

Lyle était au chevet d'Hesty, toute raide et droite sur sa chaise, Thad nonchalamment assis sur le lit. Il avança la main, caressa gentiment les poings crispés de la jeune fille et lui sourit :

– Ne faites pas attention, mon ange. Nous ne devrions pas plaisanter comme ça avec vous... Savez-vous que vous êtes absolument irrésistible quand vous prenez votre air fier et inflexible?

Lyle était suffoquée de tant d'audace : elle savait bien que toute cette comédie était destinée à Hesty. Elle retira ses mains et se leva : ce qui eut malheureusement pour résultat de la rapprocher de Thad. Comme elle aurait dû s'en douter, il profita de cet avantage pour l'attirer contre lui en parlant à Hesty :

– Johnny a acheté le hors-bord de Lance Gaskill; pendant qu'il fait beau, nous allons descendre jusqu'à Ocracoke et ramener le bateau à Hatteras.

– Tu feras bien de vérifier que cette petite canaille de Lance n'a pas enlevé les hélices... Il serait capable de voler des poules dans son propre poulailler.

Lyle intervint :

– Je ne pense pas que je...

Thad l'interrompit :

– Nous partons dans quelques minutes. Lyle ferait bien d'emprunter des jeans à Pam pour aller en mer.

Thad avait bien calculé son coup : Lyle ne pouvait refuser devant Hesty sans s'exposer à des questions embarrassantes. Il lui fallut s'incliner.

Ils se retrouvèrent tous devant la maison. Il faisait beau et froid. Lyle se félicitait d'avoir mis des jeans, mais Cora dans son pantalon noir ajusté et son blouson de velours, était certainement beaucoup plus séduisante...

Thad ouvrit la portière, faisant à Lyle un signe

de tête imperceptible. Avant qu'elle ait pu esquisser un geste, Cora se glissa sous le bras de Thad, murmura un « merci », et s'empara de la place avant.

Tandis qu'ils parcouraient les huit kilomètres qui les séparaient de Hatteras, Lyle, confortablement installée à l'arrière de la luxueuse voiture, se promettait bien de montrer à Thad qu'elle n'était pas à ses ordres. En présence de Hesty, il avait barre sur elle, évidemment; mais, sortie de la maison, elle était libre d'agir comme bon lui semblait. Et, à cet instant même, ce qui lui semblait bon, c'était de profiter de la promenade, que cela plaise ou non à Thad!

7

Le *Shearwater*, un bateau blanc, étincelant, palpitait d'impatience dans son désir de prendre le large lorsque Thad arrêta la voiture sur les quais de Hatteras. Lyle fut un peu déçue d'apprendre que cette palpitation était due, tout simplement, aux vibrations de la pompe de cale; voilà qui lui abîmait sa vision romanesque du joli navire! Elle oublia vite cette légère déception devant le spectacle pittoresque du port en activité.

Une petite barque pleine de filets glissait lentement le long de la jetée. D'un autre bateau, amarré à quai, les pêcheurs débarquaient le poisson au moment même où Lyle faisait quelques pas pour respirer librement l'air salin chargé des impérieuses senteurs de marée et de gazole.

Le vent froid la saisit : elle frissonna. Sans doute, elle aurait pu prendre son manteau de tweed, mais elle s'y était refusée : elle se trouvait bien plus élégante, presque séduisante même, dans son pull noir à col roulé et son jean.

A l'instant où Lyle sortait de la voiture, Johnny émergeait du cockpit du *Shearwater;* en l'apercevant, il émit un sifflement d'admiration. Cela lui fut d'un grand réconfort, elle reprit confiance en elle et, dédaignant Thad et Cora, elle rejoignit rapidement le jeune homme qui l'attendait pour l'aider à embarquer.

– Bien que je répugne à cacher ce charmant spectacle, il est indispensable que tu endosses ce ciré pour aller en mer.

Lyle enfila le ciré avec un petit sourire provocant et suivit Johnny qui voulait lui faire faire le tour du propriétaire.

– Quand nous serons en mer, je t'emmènerai à l'avant, on pourra regarder le fond de l'eau.

– Vraiment? Ce n'est pas plus profond que ça? Est-ce qu'on voit les poissons?

– Ce n'est pas la mer des Caraïbes, marin d'eau douce! Mais tu apercevras peut-être une huître ou un crabe.

Il lui sourit et la fit gentiment asseoir sur une banquette, tandis que Thad et Pam larguaient les amarres. Pas de Cora en vue : elle devait être quelque part à l'intérieur de la cabine.

Le vrombissement du moteur se fit plus aigu; ils décollèrent du quai, naviguant le long de la jetée, vers la passe. Pam vint s'installer à côté de Bob qui était à la barre. Thad, Johnny et Lyle étaient plus à l'arrière, admirant les évolutions d'une petite escadrille de mouettes à l'affût d'une aubaine qui tomberait du bateau.

– L'estomac va bien ce matin? cria Johnny dans le fracas du moteur.

Il sourit et se tourna vers Thad :

– J'ai comme l'impression d'avoir initié ta copine à l'alcool, hier soir, mon vieux. Je ne savais pas qu'elle était vraiment novice : je l'ai compris en la voyant recracher et s'étrangler à moitié. Après ça, elle a eu l'air d'y prendre goût pour de bon!

L'imbécile! Elle l'aurait tué! C'était malin de sa part de rappeler la soirée d'hier! Elle avait dû se tenir encore plus mal qu'elle ne le pensait...

– Je n'ai pas fait trop de bêtises, au moins? demanda-t-elle à Johnny, essayant de son mieux d'oublier la présence de Thad.

– Tu as été délicieuse, mon chou. L'hospitalité faite femme.

Savourant le compliment, Lyle, toute appréhension envolée, devint radieuse. « Oh! Johnny, pensa-t-elle, tu es un gentil démon, et je me sens d'humeur à batifoler avec toi! »

Cora faisait son apparition sur la plage arrière. Elle semblait vouloir faire signe à Thad, qui, le dos tourné, contemplait le paysage. Lyle suivit le regard de Thad et s'écria :

– Oh, ces oiseaux! qu'est-ce que c'est? Des pélicans?

Thad, rébarbatif, bougonna :

– Johnny se fera un plaisir, j'en suis sûr, de vous fournir tous les renseignements que vous pouvez désirer sur les oiseaux et sur...

– ... sur les poissons, coupa Lyle.

Elle lui lança un regard de défi et suivit Johnny vers la proue; ils s'allongèrent sur le pont pour regarder à leur aise, par-dessus bord, le sillon écumeux ouvert par la fine étrave dans les flots d'un vert profond. Il y avait longtemps que Lyle ne s'était sentie si pleine de vie.

Dix minutes ne s'étaient pas écoulées, qu'elle sentit derrière elle la présence de Thad : on aurait dit qu'il émettait des ondes que le corps de Lyle percevait à distance.

– Vous allez vous brûler le visage. Rentrez, vous vous êtes assez exposée au vent, fit-il d'une voix brève.

– Il n'y a pas un souffle de vent. Le temps est parfaitement calme, répondit-elle, provocante.

– Ah, oui? Alors, qu'est-ce qui fait flotter vos cheveux comme un drapeau dans la tempête?... Allons, venez, Lyle, mettez-vous à l'abri dans la cabine.

– Merci. Je rentrerai quand j'aurai envie de rentrer. Je suis assez futée pour me mettre à l'abri quand il pleut, vous savez.

Sans un mot, Thad pivota sur ses talons et retourna sur la plage arrière. Lyle se tut pendant plusieurs minutes. Maintenant qu'il le lui avait fait remarquer, elle sentait bien que le visage commençait à lui cuire. Elle aurait dû savoir que sa peau délicate de rousse supportait mal la brutalité des éléments.

Très décontracté, Johnny lui fit observer :

– Je suppose que tu sais ce que tu fais?

– De quoi parles-tu? Ah, de ma figure? Si elle grille un peu, ça ne sera pas la première fois, répondit-elle, l'air insouciant.

– Je ne parle pas de ça, tu le sais très bien.

– De quoi alors? De Thad peut-être?

– Evidemment. Il est tout pâle.

– Et alors? Si j'ai la figure qui pèle, ça ne le regarde pas : c'est *ma* peau et *ma* figure.

– Peut-être; mais tu es sa fiancée, et si tu étais la mienne, petite crâneuse, je t'aurais déjà flanqué une bonne fessée.

Lyle éclata de rire :

– Oh! Johnny, tu ne vas pas te mettre à jouer les durs! Tu n'as jamais fréquenté une fille assez longtemps pour exercer ta belle autorité!

– C'est Pam qui t'a raconté ça?

Il grimaça un sourire, d'un air assez satisfait.

– Non. C'est Ethel, si tu veux le savoir.

– Cette vieille cancanière! Voyez-moi ça! Elle

est toute la journée dans sa cuisine, mais rien n'échappe à son œil en vrille!

Lyle s'allongea sur le dos et contempla le ciel : un ciel d'un bleu cobalt, masqué d'une gaze blanche qui, vers l'ouest, formait de jolis moutons.

– Qu'il veille donc sur la peau fragile de Cora. A son âge, elle a besoin de toute l'aide qu'on peut lui apporter.

– Oho!

– Excuse-moi. C'est complètement idiot. Mais, je ne sais pas pourquoi, on dirait qu'elle fait toujours sortir de moi ce qu'il y a de pire. Je crois que c'est parce qu'elle est si belle.

– Bien sûr, elle est belle. Mais étant donné ce qui s'est passé entre Thad et elle, tu aurais la même réaction si elle ressemblait à un masque de carnaval... C'est normal. Les femmes sont toutes les mêmes.

– Ah oui, monsieur Johnny? Tu as une longue expérience de la vie, naturellement...

– Le don d'observation, ma chère, voilà tout. Observation scientifique, pure et désintéressée. Cela dit, je la lui soufflerais bien pour te rendre service, si j'avais quelques années de plus, ou elle quelques mois de moins...

– Merci, ne te donne pas cette peine pour moi.

Lyle esquissa un sourire en frisant le nez : aussitôt elle grimaça de douleur. Johnny éclata de rire :

– Ah, ah, ça fait mal, hein? Si tu ne veux pas le faire pour l'amour de ton chéri adoré, fais-le au moins pour moi : descends dans la cabine. Allez, viens, lève-toi; et, pour l'amour du ciel, ne te fiche pas à l'eau. Ici, tout près du détroit de Hatteras, il y a un courant terrible : ça ne serait même pas la peine d'essayer de te repêcher, on gaspillerait du fuel pour rien.

– Mais ça va très bien, je t'assure.

– Sûr que ça va, ma rose rouge; seulement, je t'ai prêté mon seul ciré potable et il ne va pas tarder à être tout grillé. Je n'ai pas envie de perdre un beau ciré tout neuf uniquement parce que tu veux te venger de ton chéri qui s'amuse avec une autre fille. Allez, hop!

Elle lui tendit les mains pour qu'il l'aide à se remettre sur pieds. Dès qu'elle fut debout, elle aperçut le visage de Thad, sombre et tout proche, derrière le pare-brise.

Au moment où ils entraient dans Silver Lake, le port bien abrité au centre même d'Ocracoke-Village, Lyle se sentait le visage en feu; mais, pour rien au monde, elle ne l'aurait avoué! Elle accompagna les autres à la recherche de sandwiches et de café, riant aux plaisanteries de Johnny, évitant les regards triomphants de Cora et faisant tout pour ignorer les mines furieuses de Thad.

Le vent se leva. A l'ouest le ciel prenait une teinte cuivrée tandis qu'ils redescendaient au port. Ils admirèrent le fameux hors-bord, la nouvelle acquisition de Johnny. Puis Cora, avec l'aide de Thad, embarqua sur le *Shearwater*. Pam était déjà à bord avec Bob qu'elle ne quittait pas d'une semelle. Johnny se préparait à larguer l'amarre arrière; Thad largua l'amarre avant, sauta lestement sur le pont puis vint tendre la main à Lyle qui, restée sur le quai admirait ostensiblement le charmant village.

– Venez, Lyle, vite! ou il va falloir que vous sautiez.

Bob lança les moteurs, puis les mit au ralenti. Lyle hurla gaiement dans la pétarade :

– Je rentre avec Johnny dans le hors-bord! Je vous retrouve à Hatteras!

Elle s'en fut rejoindre Johnny qui laissait filer son amarre; déjà le *Shearwater,* lentement, débordait du quai : l'écart se creusait entre Lyle et Thad. Satisfaite, elle pensa : « Si ses yeux étaient des revolvers... »

– Tu es prête, Lyle? Remets ton ciré. Ça va mouiller.

– Ça va être formidable! Je sens que je vais adorer ça!

– Eh bien, tant mieux! Quand même, je dois être un peu cinglé pour t'avoir laissée venir avec moi.

Johnny lui sourit pourtant en l'installant dans le minuscule cockpit.

– Thad ne va pas être à prendre avec des pincettes pendant quelques jours. Heureusement que je file à Wanchese demain matin de bonne heure; j'éviterai le pire.

– Je ferais peut-être mieux d'y aller avec toi, avança timidement Lyle.

Son aplomb fondait peu à peu tandis qu'elle perdait de vue le *Shearwater* qui s'engageait dans la passe. Couvrant le bruit du moteur, Johnny hurla :

– Qu'est-ce que tu dis?

– Je dis que je ferais peut-être mieux d'y aller avec toi.

– Pas question! Ma petite copine de Wanchese me tuerait...

– Toi, tu es toujours prêt à rendre service!

Et elle riait comme une folle, tandis qu'ils débouchaient dans la rade de Pamlico Sound.

Johnny avait bien l'intention de faire une démonstration avec son nouveau bateau. Il dépassa d'abord le *Shearwater,* moins rapide, puis se lança à toute allure, traçant sur l'eau de grands cercles, arrachant à la mer des tourbillons d'écume neigeuse qui s'épanouissaient en queue de coq dans le sillage. Le vent, assez violent maintenant, rabattait sur le petit horsbord des giclées d'eau froide et salée; tant et si bien que lorsque Lyle, d'un pas mal assuré, débarqua à Hatteras quelque trois quarts d'heure plus tard, elle était trempée comme une soupe malgré le beau ciré jaune. Ses cheveux étaient ruisselants, de petites rigoles d'eau glacée lui dégoulinaient dans le dos; même son jean était inondé. Elle riait à perdre haleine de cette équipée, la plus mouvementée qu'elle ait connue, quand Thad surgit devant elle, en proie à une colère froide :

– Si vous pensez avoir assez ri pour aujourd'hui, Lyle, vous aurez peut-être la bonté de venir à la voiture, fit-il, avec un calme auquel il valait mieux ne pas se fier...

– D'accord, répondit Lyle, soumise.

Elle regagna la Mercedes. Cora était déjà installée à la place avant. D'un geste qui n'avait rien de tendre, Thad fit asseoir Lyle à l'arrière.

La voiture roula vers Frisco, sur la route qui surplombait la grève. Personne n'ouvrit la bouche pendant le voyage. Comme ils approchaient de *Knob House*, Lyle se prépara à descendre; mais Thad continua jusque chez lui et stoppa sur l'aire de terre battue abritée par l'énorme chêne vert. Il coupa le contact et joua un instant avec les clés, comme s'il réfléchissait : l'ambiance s'alourdissait.

La malheureuse Lyle, sur son siège arrière, faisait un effort pour ne pas claquer des dents, pour oublier qu'elle était trempée, pour chasser la sensation étrange d'être encore en bateau. Son estomac était en révolution. Prise de panique, elle crut un moment qu'elle allait vomir.

– Venez, ordonna Thad en lui ouvrant la portière... Vous entendez ce que je vous dis?

Tout engourdie, Lyle acquiesça de la tête et les suivit. En traversant le salon, elle aurait donné n'importe quoi pour s'étendre au sol et rester là, couchée devant le feu. Au lieu de cela, il lui fallut monter à sa chambre; à peine arrivée, elle reçut l'ordre formel de se déshabiller, et faire vite, par-dessus le marché...

Ayant dit, Thad disparut dans la salle de bains; il ouvrit à fond les deux robinets : la baignoire commença de s'emplir à grand bruit. Revenu dans la chambre, il trouva Lyle à la place où il l'avait laissée. Il émit un commentaire laconique :

– Cela vous rappelle quelque chose, non?

Lyle secoua la tête. Elle n'avait pas dit un mot depuis un bon moment : elle avait l'impression d'avoir les mâchoires bloquées. Elle était là, les dents et les poings serrés. Elle vit sur les lèvres de Thad le petit rire moqueur qu'elle connaissait bien : elle se détendit un peu. « Au moins, il n'a plus dans les yeux cette lueur glaciale », pensa-t-elle avec soulagement.

– Barbotez dans la baignoire jusqu'à ce que vous soyez dégelée. Pendant ce temps-là, je vais vous faire du café.

– Merci. Je ne crois pas que j'ai envie de boire quoi que ce soit, fit-elle d'une voix à peine perceptible.

Elle n'était pas sûre que son estomac veuille bien garder le café très fort, spécialité de Thad.

– C'est stupide! Le café calmera vos haut-le-cœur et vous réchauffera l'intérieur... Et maintenant, au bain!

– Comment avez-vous deviné que j'avais des haut-le-cœur?

Elle pouvait à peine parler : on aurait dit plutôt qu'elle pensait à voix haute. Elle commença à enlever le cardigan qu'elle avait mis par-dessus le pull à col roulé de Pam. Elle avait encore plus froid en enlevant ces vêtements mouillés...

– Votre petite fiesta d'hier soir vous avait déjà mise en condition... Et quand on voit votre nez et vos pommettes rouges comme des tomates dans une figure verte comme de la purée de pois, il n'y a pas besoin d'être sorcier pour deviner ce que vous ressentez.

– Oh, Thad!... commença-t-elle d'un air malheureux.

Elle avait perdu toute agressivité.

– Ça n'a pas d'importance, mon petit. Je lis dans vos yeux que vous aimeriez vous cacher dans un trou de souris. Il n'y a tout de même pas de quoi. Tout le monde a droit à quelques erreurs pour apprendre à vivre. Et je parierais bien que vous n'avez pas beaucoup entamé votre contingent de sottises. Prenez votre bain, Lyle, je vais mettre le café en route. Et couvrez-vous bien en sortant, hein?

Entrer dans le bain chaud fut pénible : elle avait sur tout le corps une sensation de brûlure. Je l'ai bien mérité, se dit-elle. Quand donc arriverai-je à contrôler mes emportements?

Peu à peu l'eau lui parut plus fraîche, son estomac se laissa oublier; mais les brûlures au visage ne commencèrent à s'apaiser que lorsqu'elle eut inondé son épiderme malmené avec une lotion calmante.

Elle se mit au lit, les couvertures tirées jusqu'au menton, et but quelques gorgées du café trop sucré que Thad lui avait déposé sur la table de nuit. Ses colères étaient terribles, mais il pouvait aussi être si délicat, si plein d'attentions, tellement désarmant de gentillesse! Hélas, tout cela serait bientôt fini. Cora allait partir, et il romprait aussitôt leurs « fiançailles »...

La pensée de Lyle vagabondait dans le demi-sommeil : « Si j'avais eu une alliance, j'aurais pu la lui rendre la première... Mon orgueil, au moins, aurait été satisfait. »

– Vous êtes visible?

Sans attendre la réponse, Thad entra et s'approcha rapidement du lit. Rien ne parut échapper à son regard : ni la mince silhouette dessinée par les couvertures, ni la grosse natte sur l'oreiller, ni le visage rouge comme un homard qui émergeait de la chemise de nuit de flanelle, au col montant garni de dentelle.

– Vous avez faim?

– Non, je vais m'endormir avant même d'avoir fini le café, fit-elle en un murmure.

Elle le dévisageait, engourdie de sommeil : il avait les cheveux encore humides de la douche, et au front les trois rides qu'elle connaissait bien. Il a l'air fatigué, pensa-t-elle, à sa propre surprise; et son cœur fit un bond dans sa poitrine.

– Je peux vous faire une omelette, la spécialité du célibataire.

– Comment?... Non, merci, Thad, je crois que je vais dormir.

– Vous me faites penser au petit oiseau tombé du nid que j'ai sauvé un jour, dit-il d'une voix douce.

Il orientait l'abat-jour pour lui éviter d'avoir la lumière dans les yeux.

– Ces pauvres oiseaux ne sont pas très jolis à voir, n'est-ce pas?

– Non, pas très, admit-il.

Sa voix se faisait tendre; il la contempla un instant, puis se baissa pour l'embrasser délicatement sur le coin de la bouche.

– Pas jolis du tout, ma petite chérie. Dormez, maintenant. Je vais chez Hesty avec Cora voir si tout va bien. Bonne nuit.

Quatre jours plus tard, Hesty eut une nouvelle attaque. Lyle se trouvait auprès d'elle et heureusement, Pam était à la maison : elle partit chercher Mauncey et le médecin. Ethel était effondrée : depuis la première attaque de Hesty, elle semblait avoir perdu ses forces. Lyle, qui ne pouvait quitter le chevet de la malade, était obsédée par les sanglots et les gémissements de la vieille gouvernante.

Dieu merci! elle entendit soudain la voix grave et rassurante de Thad qui gourmandait Ethel, la priant gentiment de modérer ses pleurs. Lyle poussa un soupir de soulagement.

La nuit commença à tomber. A travers les branches agitées par le vent, on apercevait le cap Hatteras, resplendissant dans la traînée lumineuse du soleil couchant. Ethel s'était suffisamment ressaisie pour préparer des sandwiches et du café. Bob et Johnny arrivèrent pour voir s'ils pouvaient se rendre utiles.

Lyle se sentait la tête douloureuse : elle s'assit dans un fauteuil, les jambes étendues, et ferma un instant les yeux. La tension des premières heures avait été intolérable. Il y avait une demiheure seulement que Mauncey, entrebâillant la porte, avait, d'un signe de tête, fait comprendre à tous que cela allait mieux.

– Tenez, Lyle. Cela vous fera du bien.

Thad lui tendait un sandwich et une tasse de café fumant.

– Thad! Je ne vous ai pas entendu entrer. Je ne suis pas sûre de pouvoir avaler quoi que ce soit. Est-ce que j'ai dormi?

Lyle prit néanmoins la tasse et le sandwich, mais les reposa aussitôt : on entendait dans le vestibule la voix du Dr Titus. Thad se précipita avec elle; anxieusement ils interrogèrent le médecin du regard.

– Lyle... Thad..., je suis navré. Il n'y en a plus pour longtemps. Une question de jours, au mieux : de semaines.

Il secoua la tête, passa la main dans ses cheveux qui se faisaient rares.

– Ne peut-on la transporter à l'hôpital? fit Lyle en pleurant.

– Cela ne servirait à rien. Que voulez-vous qu'ils fassent pour réparer son vieux cœur qui n'en peut plus? Elle a été vaillante pendant quatre-vingt-un ans. Elle souhaite finir chez elle, dans son lit. Cela me paraît raisonnable.

Voyant qu'ils étaient d'accord, il hocha la tête.

– Elle demande à vous voir, Thad. Faites attention : elle n'a plus guère de forces, ne restez pas plus de quelques minutes. Mais il faut bien en passer par là où elle veut. Elle avait l'air si bouleversée quand je lui ai dit que vous ne viendriez la voir que demain matin.

Thad avait déjà disparu, laissant dans le vestibule un petit groupe consterné et silencieux.

Lorsque Thad revint cinq minutes plus tard, il avait une expression étrange. Il ne dit rien jusqu'au départ du médecin. Celui-ci avait laissé des instructions pour qu'on puisse le joindre en cas de besoin et donné un calmant à Ethel, qui avait cessé de gémir. Pam, stoïque, montait la garde à la porte de Hesty, un livre ouvert devant les yeux, dont elle ne lisait pas une ligne...

– Je vous ai rapporté vos affaires, Lyle, déclara Thad. Cora est partie. Vu les circonstances, cela valait mieux.

– Oh! fit-elle seulement, la voix blanche.

Cora était donc partie. Dans un sens, cela n'avait rien de surprenant. Tout redevenait comme avant. Lyle avait l'âme et le corps engourdis. La voix de Thad, soudain, la tira de sa torpeur. Il disait :

– Nous allons nous marier d'ici trois jours.

Sous le choc, elle se mordit les lèvres.

– Je... j'espère... que vous serez... je vous souhaite à tous les deux...

– Non, Lyle. Nous allons nous marier, vous et moi.

Lyle resta sans voix. Elle le dévisageait, s'efforçant de résoudre l'éternelle énigme de son visage. Quand elle parvint enfin à lui demander pourquoi, il se borna à répondre que telle était la volonté de Hesty.

Comme quelqu'un qui sort d'un profond sommeil, elle secoua la tête pour s'éclaircir les idées.

– Mais, Thad, ce n'est pas vrai! Je veux dire : ce ne sont pas de vraies fiançailles! J'ai voulu l'expliquer à Hesty. Je n'ai pas pu : elle croyait toujours qu'il s'agissait d'une querelle d'amoureux...

– Et pour avoir des querelles d'amoureux, il faut être amoureux, n'est-ce pas? coupa-t-il, sarcastique. Pour Hesty, nous sommes fiancés, le mariage n'est plus qu'une question de temps. Comme elle n'ignore pas que son temps à elle est compté, elle veut que nous nous mariions le plus vite possible. Et dans sa chambre, pour qu'elle puisse le voir de ses propres yeux.

» Je me suis plus ou moins engagé en votre nom aussi, Lyle. Si j'ai eu tort, je vous en demande pardon.

Lyle poussa un soupir : bien des sentiments se mêlaient dans ce simple soupir, dont certains qu'elle préférait ne pas approfondir. En tout état de cause, elle dut convenir que Thad avait pris la seule décision possible étant donné les circonstances...

Le mariage eut lieu trois jours plus tard dans la chambre de Hesty. Pam et Bob étaient les témoins. Ethel pleurait à chaudes larmes. Hesty rayonnait d'orgueil. Mauncey avait tout organisé pour le mieux. Le Dr Titus et Johnny avaient préparé des boissons au salon. Chacun leva sa coupe d'excellent champagne à la santé des nouveaux mariés.

Lyle, occupée à chaque minute de la journée, n'avait pas eu le temps de penser. Thad s'était tenu à l'écart, par hasard ou intentionnellement. Il n'était réapparu que la veille du mariage avec une merveilleuse bague de saphirs et de diamants.

– Pour rivaliser avec l'éclat de vos yeux, avait-il dit simplement en l'embrassant légèrement sur le front.

Comment Lyle allait-elle s'accommoder de sa situation nouvelle? Ce mariage n'était qu'une farce, comme l'avaient été leurs fiançailles. Et la première avait déjà été suffisamment mauvaise! Mais vivre avec Thad, porter son nom, le pourrait-elle? Aurait-elle la force de sauvegarder son indépendance pour que si jamais – ou plutôt quand il lui faudrait se séparer de lui, elle puisse le faire sans en être meurtrie pour toujours?

Thad lui avait dit qu'ils se mariaient parce que telle était la volonté de Hesty qui était trop malade pour qu'on lui résiste. Mais il ne lui avait jamais laissé entendre, ni en paroles ni dans les faits, qu'il désirait son amour, qu'il souhaitait avec elle une relation vraie et durable.

La réception fut intime et calme : la santé de Hesty l'imposait. Les circonstances cruelles ont parfois des avantages, pensa Lyle. Elle était mal à l'aise; et pourtant elle savait que depuis des années elle n'avait pas été aussi belle : sa robe de crêpe orange mettait en valeur ses lignes féminines. La couleur pastel donnait un éclat particulier à son teint, à sa chevelure. Chaque fois qu'elle jetait un regard à cet homme robuste qui portait avec une sobre élégance un complet de laine peignée gris anthracite, son teint s'avivait encore; mais personne ne songeait à s'en étonner.

– Je réclame le privilège du garçon d'honneur, déclara Bob, de fort bonne humeur. (Il en était à sa troisième coupe de champagne...)

Et il embrassa Lyle sur le nez. Le mouvement était lancé : rouge comme une pivoine, le Dr Titus planta deux gros baisers sonores sur les joues de la mariée et serra la main de Thad avec enthousiasme. Johnny, les mains derrière le dos, annonça que, lui, savait mieux viser que tout le monde : avec une insistance marquée, il embrassa Lyle sur les lèvres. Elle ne put qu'en rire pour masquer sa confusion.

– Je me mets sur les rangs si jamais il te laisse tomber, fit-il d'un ton faussement confidentiel.

– Madame Creed, si vous pouvez vous arracher à vos embrassades, nous partons, coupa Thad, un peu sèchement.

Lyle ne l'avait pas entendu approcher : depuis plusieurs minutes il se tenait à l'écart, dégustant en solitaire sa coupe de champagne.

– Où allons-nous? fit-elle, étonnée.

– Vous avez l'intention de passer votre lune de miel ici?

Son humour froid rompit le fragile équilibre de Lyle : elle tendit sa coupe à Ethel en bredouillant qu'elle allait chercher son manteau.

– Votre valise est dans la voiture, dit Thad. Pam s'en est chargée.

Ils traversèrent le vestibule dans un tumulte de souhaits affectueux.

– Où allons-nous?

– A Kitty Hawk, madame Creed. Hesty pourrait poser quelques questions embarrassantes si nous restions ici comme si rien ne s'était passé.

– Vous voulez dire...

Elle s'interrompit, gênée, tripotant nerveusement son mouchoir qui perdit quelques morceaux de sa bordure de dentelle.

– Je veux dire que Hesty pourrait s'imaginer que sa vie est encore plus menacée qu'elle ne l'est, précisa-t-il d'un ton calme.

Lyle respira, soulagée.

– Oh! oui, je vois : Hesty ne comprendrait pas un... un pareil mariage, fit-elle, aussi calmement que possible.

Thad ne répondit pas. Il démarra plus brutalement que de coutume.

Ils ne jugèrent pas utile de parler jusqu'au moment où ils approchèrent de Nags Head. En passant devant le motel où Lyle était descendue quelques semaines auparavant, Thad demanda négligemment :

– C'est là que vous étiez à Noël?
– Oui.
– Ça n'a pas l'air particulièrement accueillant.
– Pas particulièrement, non. Mais... c'est ce que je voulais.
– Ah! oui..., pour qu'aucun indiscret inconnu ne vienne fureter derrière le mur dont vous vous entourez? C'est bien ça?
– En réalité, il n'y avait pas que des inconnus, lança-t-elle étourdiment. Cora était là. Du moins, je l'ai rencontrée une fois et nous avons même déjeuné ensemble.
Elle se serait mordu la langue d'avoir parlé trop vite.
– Cora Lambert? C'est curieux que vous ne m'en ayez jamais parlé.
– C'est qu'il n'y avait pas grand-chose à en dire. Nous n'avons pas tellement de sujets de conversation en commun. Nous n'étions d'ailleurs pas seules.
– Qui était là encore? Bill, le mari de Cora?
– Non, quelqu'un d'autre, marmonna-t-elle, préférant abandonner le sujet.
Pourtant il n'y avait aucune raison de ne pas parler de Stan... Soulagée, elle le vit s'engager dans le parking d'un hôtel, le plus intime et le plus sélect de la région où Thad avait réservé toute une suite.
– Dommage que nous ne soyons pas en été pour profiter de la piscine. Qu'avez-vous fait toute la journée, à Noël?
– Je me suis promenée. C'est merveilleux d'avoir la plage pour soi tout seul.
– Cela vous ennuiera d'avoir à la partager cette fois-ci? demanda-t-il avec son curieux petit sourire.

– Bien sûr que non, fit-elle vivement.

Elle se détourna pour cacher cette maudite rougeur qui l'envahissait à nouveau. Pas assez vite pourtant, car il se mit à rire, d'un rire peu aimable.

– Oh! n'ayez crainte, vous vous y ferez.

Et aussitôt il enchaîna :

– Prenez cette chambre. Je m'installe dans l'autre. Je vous donne une demi-heure pour faire un brin de toilette, et nous nous retrouvons pour dîner.

Toute la soirée, Thad fut d'une courtoisie parfaite. Après un somptueux dîner, ils dansèrent un peu. Thad se comporta avec elle comme si elle était la grand-mère du pasteur. Il était un peu plus de 11 heures quand ils regagnèrent leur appartement. Elle ne pouvait dissimuler sa lassitude et étouffa un bâillement :

– Je vous demande pardon. Je ne sais pas pourquoi j'ai sommeil comme ça.

– Dormez bien. Ça ira mieux demain.

Il semblait hésiter. Lyle pensa qu'il allait l'embrasser mais il hocha simplement la tête et se retira dans sa chambre en fermant ostensiblement la porte derrière lui.

Le lendemain, Thad apparut au petit déjeuner, particulièrement séduisant dans son jean et son pull-over noir. Il avait appelé le Dr Titus la veille au soir : l'état de Hesty était stationnaire.

Le vent était tombé. Des nappes de brouillard couvraient l'océan : un temps semblable à celui que Lyle avait connu sur ces mêmes rivages quelques semaines auparavant. Thad la prit par le bras pour gravir la dune. Ils contemplèrent, immobiles et silencieux, les mornes rouleaux de la houle, renaissant, inlassables, pour venir sans espoir se briser sur la plage et mourir à leurs pieds sur le sable. Les plaintes discordantes des oiseaux de mer semblaient être l'appel lointain des âmes, perdues dans un au-delà inaccessible. Contre toute attente, Lyle puisa dans ce spectacle un mystérieux réconfort.

– Que j'aime cette odeur! Pas vous, Thad? Quand nous rentrerons chez nous, je me promets bien de faire chaque jour, au moins deux ou trois kilomètres à pied.

– En attendant, nous allons courir un peu sur la plage, à moins que vous ne soyez trop paresseuse pour ça!

Et il s'élança brusquement, dans une foulée longue et souple; tout ce qu'elle put faire c'est de le suivre à distance sans trop perdre de terrain. Impossible de le rattraper! Il ralentit pour l'attendre et l'entraîna vers un creux de la dune.

Ils s'étendirent sur le sable. Une flottille de petits chalutiers pêchaient non loin du rivage. L'humidité était pénétrante : Lyle frissonna. Thad, aussitôt sur pieds, l'aida à se relever. Mal à l'aise de se trouver brusquement aussi près de lui, elle s'écarta et brossa, d'un air affairé, le sable qui s'attachait à ses vêtements.

Sans hâte, d'un pas de promenade, ils reprirent le chemin de l'hôtel. De temps à autre, Lyle s'arrêtait pour ramasser un coquillage ou un petit morceau de bois apporté par le flot. Thad, réglant son pas sur le sien, suivait du regard les évolutions des chalutiers. Sans motif apparent, une sorte de gêne s'était établie entre eux.

– Qu'est-ce qui peut bien faire passer sur votre visage toutes ces expressions étonnantes? demanda brusquement Thad.

– C'est peut-être la faim, suggéra-t-elle.

Il l'attrapa par la taille et répondit :

– Si vous le dites, je veux bien vous croire,

mais rien dans votre apparence n'indique que vous sachiez ce que c'est que de manger.

Il la serra un peu plus fort puis ses mains descendirent vers les hanches.

– Ah! Par ici peut-être... Mais même ces rondeurs-là n'exigent pas plus d'un repas par jour...

Les mains remontaient, englobant les petits seins d'un geste délibéré. Lyle, le souffle coupé, ne bougeait pas.

– Peut-être faut-il quand même deux repas par jour pour l'entretien de ces deux merveilles, mais...

Il y avait dans sa voix un rire silencieux. Il n'en fallait pas plus pour guérir la paralysie momentanée de Lyle. Elle s'enfuit brusquement dans un tourbillon de sable.

En trois enjambées il l'avait rejointe. Il lui saisit le poignet avec douceur et fermeté.

– Lâchez-moi, cria-t-elle, le visage en feu.

– Qu'est-ce qui vous fait fuir, madame Creed?

– Ne m'appelez pas comme ça! lança-t-elle en luttant pour se dégager.

– Mais c'est comme ça que vous vous appelez! Et maintenant, dites-moi donc de quoi vous avez peur. Ou plutôt : de quoi n'avez-vous pas peur?

L'indignation de Lyle fit place à la stupéfaction.

– Qu'est-ce que vous insinuez encore?

– Vous avez manifestement peur de moi. Vous aviez peur d'avouer à Hesty votre jeunesse et votre parenté avec elle. Et, sauf erreur grossière de ma part, vous avez peur de Cora Lambert.

– C'est faux.

– Dans ce cas, c'est de la jalousie, poursuivit-il,

un sourcil noir levé dans une expression moqueuse.

Elle évita le piège.

– C'est ridicule. J'ai dit à Hesty qui j'étais.

– Vous avez *fini* par le lui dire...

– Oui..., bon, j'ai fini par le lui dire, reconnut-elle en baissant le ton.

– Laissons de côté cette histoire d'âge que vous dissimuliez. Passons au chapitre suivant : votre mari. Vous prétendez toujours que vous n'avez pas peur de moi?

Il la dominait de toute sa taille. Perdus dans le brouillard, ils étaient seuls au monde, en face l'un de l'autre.

Elle mentit avec effronterie :

– Bien sûr que je n'ai pas peur de vous. Seulement, il faudrait que nous arrivions à une forme de... compréhension. Nous n'avons jamais eu le temps de mettre au point un... un accord entre nous. Tout s'est passé tellement vite.

– Peut-être pas assez vite au contraire, fit-il, énigmatique.

Elle le dévisagea avec méfiance : il était souvent difficile de savoir s'il plaisantait ou non.

– Qu'est-ce que vous voulez dire?

Pour toute réponse, il l'attira vers lui et l'emprisonna dans ses bras sans qu'elle puisse résister.

– Non! fit-elle, haletante, détournant le visage au fur et à mesure que celui de Thad se rapprochait du sien.

Il l'attrapa par les cheveux et la contraignit à le regarder. Les yeux de Lyle reflétaient son angoisse. Lui, le regard brillant, murmura :

– Jamais vous ne couperez cette superbe crinière de feu... c'est promis?

Lyle éprouvait une étrange sensation de dédoublement : la bouche de Thad, tiède et caressante, s'imposait à la sienne en un baiser profond; elle en tremblait de tout son être sans pouvoir se maîtriser. Mais, en même temps, elle avait conscience du brouillard froid qui les entourait. Elle pouvait même observer les gouttelettes de givre qui se déposaient sur le pullover de l'homme qui l'embrassait. Et elle se voyait elle-même, brûlant de désir au contact de Thad, dans un fougueux élan qu'elle ne contrôlait plus; et c'était bien elle qui s'accrochait désespérément à lui, qui se pressait sans pudeur contre lui...

Le brouillard allait s'épaississant, Lyle sentait sur sa peau la chaleur de la main de Thad qui, sous son sweater, lui caressait la poitrine. L'autre main jouait le long de son dos, gagnait le creux des reins, éveillant chez elle un plaisir encore jamais ressenti. Alors il la saisit par les hanches et la pressa contre lui avec violence. Lyle se raidit.

Thad leva vers elle un regard qui était une question...

– Non, Thad... je vous en prie... Pas cela! souffla-t-elle, la gorge nouée.

Il insista, avec un accent de triomphe dans la voix.

– Lyle, tu ne peux plus me dire que tu ne me désires pas autant que je te désire.

– Non, non, non, ce n'est pas vrai!... Thad, rappelez-vous votre promesse; Thad, vous avez promis!

– La seule promesse dont je me souvienne, c'est celle de te prendre pour le meilleur et pour le pire. De te prendre, toi, ma femme...

Affolée, Lyle s'arracha de ses bras, se bouchant

les oreilles pour ne pas entendre ces mots qui lui donnaient le vertige. Elle implora :

– Nous ne l'avons fait que pour Hesty. Cela ne voulait rien dire, Thad, absolument rien!

Elle perdait pied et s'en rendait compte.

Lui ne la quittait pas des yeux : il avait repris son expression dure et impassible. Il haussa les épaules et conclut froidement :

– Vous avez raison, cela ne voulait rien dire. Pas plus que le fait que nous soyons en pleine lune de miel!

Il eut un rire bref qui lui déchira l'âme. Il ramassa un coquillage et, de toute sa force l'envoya se perdre dans la brume.

Elle restait immobile. Elle ne savait pas ce qu'elle attendait. Elle savait seulement qu'elle avait mal.

– Je ne suis pas un moine, Lyle. Et je ne fais jamais de promesse que je ne puisse tenir, dit-il en se tournant vers elle, les épaules voûtées, les mains dans les poches. Si vous tenez tellement à rester dans votre coquille, je ferai de mon mieux pour l'accepter... dans certaines limites. De temps en temps, vous serez obligée de me donner un baiser. Vous n'aurez qu'à considérer que cela fait partie de votre devoir conjugal. Après tout vous êtes ma femme.

– Tout à fait provisoire, lança-t-elle, sur la défensive.

– En effet... Le mariage provisoire m'a l'air d'être très répandu de nos jours...

Il y avait dans sa voix une tristesse si amère que Lyle en fut émue; elle abandonna un peu de sa raideur :

– Thad, ce n'est pas comme si nous nous aimions. Je veux dire, d'une autre façon...

Un amour à sens unique, ça ne compte pas,

pensait-elle, se complaisant dans sa douleur.

– Nous pourrions au moins être amis? Ne serait-ce que pour Hesty. Cela rendrait les choses tellement plus faciles...

– Vous croyez? fit-il. Vous avez peut-être raison... Après tout, Rome n'a pas été bâtie en un jour...

Lentement, ils se remirent en route, plongés chacun dans ses pensées. En arrivant au sommet de la dune, Thad s'arrêta brusquement.

– Lyle, si je vous ai rendu la vie encore plus difficile, je vous en demande pardon. Il m'arrive d'être impatient. Mais... bon, disons que... cela ne m'arrivera plus. Nous avons eu à souffrir, tous les deux, mais vous, vous vous abritez derrière un mur. Loin de moi l'intention de vous le faire tomber sur la tête!

– Je sais bien, Thad. J'apprécie votre délicatesse. Les hommes... réagissent différemment. Je comprends très bien ces choses-là, vous savez.

Thad sourit, amusé par cette docte expérience. Il reprit avec une étonnante gentillesse.

– Nous avons tous les deux nos problèmes. Tâchons d'être indulgents l'un pour l'autre, dans la mesure du possible...

Lyle faillit se jeter dans ses bras. Mais elle se contenta de hocher la tête. Mon Dieu! Comment résister à tant de compréhension! Si elle n'y prenait pas garde, le mur de ses résolutions allait s'écrouler!

8

Leur « lune de miel » terminée, Lyle et Thad rentrèrent à Frisco. Ils observaient l'un envers l'autre une attitude très courtoise, et Lyle avait parfois l'impression qu'ils étaient des acteurs se conformant à un scénario minutieusement réglé.

Un beau matin, Pam arriva inopinément pour solliciter l'avis de Thad sur les travaux qu'elle projetait pour transformer *Knob House* en « Hôtel Durant ». Elle croisa Lyle, dans le vestibule. Celle-ci qui venait de faire la lessive, avait changé les draps du lit de Thad, et s'apprêtait à en faire autant dans sa chambre.

– Tiens, vous avez de la visite ? fit Pam, curieuse.

– Pas que je sache, répliqua Lyle, sans réfléchir.

Par chance, au même moment, Thad sortait de son cabinet de travail. D'un coup d'œil il comprit la situation; très aimablement, il demanda à Pam :

– C'est sur *Knob House* ou sur ma maison que tu avais des questions à me poser?

– Sur *Knob House,* bien sûr. Hesty me demande comment j'envisage de transformer le premier étage et...

Elle s'interrompit, les yeux fixés sur Lyle, l'air intrigué.

– Entre ici, alors, et laisse ma femme terminer son nettoyage de printemps.

Et Thad entraîna Pam dans son cabinet de travail. Lyle, encore sous le coup de l'émotion, resta appuyée contre la porte de la chambre. Elle entendit Pam déclarer :

– C'est peut-être un peu tôt pour le nettoyage de printemps, non?

– Zèle de jeune mariée, expliqua Thad, laconique. Pour la chambre du nord-est, j'ai étudié le prix de la climatisation...

Lyle n'en entendit pas davantage. Et Pam ne posa plus jamais de questions indiscrètes sur la distribution des chambres dans la maison.

Chaque jour, son ménage achevé, Lyle s'empressait d'aller retrouver Hesty. Elle désirait lui consacrer le plus de temps possible. En outre, c'était une excellente excuse pour ne pas rencontrer Thad. Celui-ci s'enfermait dans son cabinet de travail avec sa table à dessin et ses dossiers. Cette pièce, aux murs d'un gris clair et chaud, était remarquablement aménagée : de larges verrières s'ouvraient au nord sur les pins géants; elles étaient garnies de stores légers, d'un tissage spécial qui filtrait la lumière. Lyle aurait aimé s'y attarder lorsqu'elle apportait, le matin vers 10 heures, une tasse de café à son mari. Mais Thad restait sur une réserve polie qui n'encourageait pas la conversation : il la remerciait et se remettait au travail.

Rien d'inamical dans sa conduite : il demeurait simplement indifférent, comme il aurait pu l'être avec Berthalee, sa femme de ménage qui, décidément, tardait à revenir. Mais de quoi se plaignait-elle? N'était-ce pas exactement ce qu'elle attendait de lui?...

Le soir, dans son grand lit, écoutant le bruit

lointain de ses pas, un claquement de tiroir, les clapotis et les gargouillements de la douche, Lyle se demandait comment tout cela finirait. La vie commune n'est pas sans problème lorsque l'un des partenaires manifeste la plus parfaite indifférence, tandis que l'autre se sent au cœur un vide immense, comme un douloureux besoin d'amour.

Il y avait deux semaines qu'ils étaient mariés, quand, un matin, au petit déjeuner, Thad lui dit tout à coup :

– Dites-moi, madame Creed, il me semble que le moment est venu de compléter votre garde-robe. J'aimerais vous voir porter quelques couleurs : je vous vois toujours la même robe depuis notre mariage.

– Mais pas du tout! protesta Lyle, en lui passant la confiture de raisins, spécialité de Berthalee.

– Si ce n'est pas la même, avouez qu'on pourrait s'y méprendre; elles se ressemblent tellement! C'est toujours brun et gris, ou gris et gris, encore et toujours gris... Vous croyez-vous à la guerre et avez-vous adopté une tenue de camouflage? Ou cherchez-vous à dissimuler les charmes dont vous a gratifiée notre mère Nature?

– Si vous tenez à le savoir, je n'aime pas l'élégance tapageuse.

– Si vous tenez à le savoir, moi non plus. Mais même les évêques, aujourd'hui, ne s'habillent plus comme autrefois.

– Très drôle! Si vous n'aimez pas la façon dont je m'habille, vous n'aviez qu'à ne pas m'épouser.

– Inutile de revenir là-dessus, vous ne croyez pas?

– Vous avez raison, admit-elle à contrecœur. Mais il faut que je me dépêche. Il est tard, et je dois mettre ma lessive en route avant d'aller voir Hesty.

– Je crois plutôt que nous allons faire un saut à Buxton. C'est bien là que vous avez acheté votre robe de mariée? Si nous ne trouvons rien, nous pousserons jusqu'à Nags Head.

– Mais, Thad, vous ne comprenez pas...

– C'est une question d'argent? demanda-t-il, très calme.

Elle rougit, détourna les yeux et entreprit de ramasser les miettes devant elle.

– J'en ai un peu, fit-elle d'une voix mal assurée.

C'était beaucoup dire! Sa toilette de mariage avait pratiquement englouti toutes ses maigres économies...

– Ce n'est pas le problème. Vous êtes ma femme, je dois subvenir à vos besoins. Allez, faites ce que vous avez à faire et en route! Il me tarde de vous voir dans une tenue du XXe siècle.

– Ecoutez, Thad, je vous ai déjà dit...

– Du calme, mon petit volcan. Je n'ai rien oublié de tout ce que vous m'avez dit. Mais c'est moi qui suis assis en face de vous trois fois par jour. J'aimerais assez avoir sous les yeux un tableau un peu plus réjouissant.

Il plaisantait, bien sûr, cette petite lueur dans ses yeux en était la preuve. Malgré tout, elle se sentit blessée.

Elle se tut, débarrassa la table du petit déjeuner, mit le lave-vaisselle en marche et enfila son manteau sans se regarder dans la glace : quelle importance puisqu'elle était de toute façon repoussante!

Elle alla s'asseoir dans le vestibule l'air lugubre. Au bout de dix minutes, elle entendit derrière elle une exclamation affectueuse :

– Depuis combien de temps êtes-vous en pénitence dans ce coin? Pourquoi ne m'avez-vous pas prévenu?

– C'est vous qui avez décidé cette expédition. J'attendais que vous soyez prêt.

Thad vint à elle.

– Ah, Lyle, j'ai encore tout gâché, n'est-ce pas? Mais, mon petit, si vous tenez à vous habiller avec des sacs de jute, vous savez bien que ça m'est complètement égal : tout ce que je souhaite, c'est vous voir heureuse. Je fais ce que je peux pour être patient, mais, par moments, c'est bien difficile...

– Je sais. Je vous demande pardon, Thad. Vous avez aussi vos problèmes, et je ne vous aide pas à les résoudre en étant, comme ça, d'une humeur de chien.

– Pas de chien, plutôt de hérisson, fit-il dans un sourire.

– Bon, disons de hérisson. J'essaierai de faire de mon mieux. Mais... les vêtements, est-ce que c'est vraiment tellement important?

– Mais oui, Lyle, c'est d'une importance capitale, lança-t-il, ironique. Vous hantez cette maison comme un petit fantôme misérable et honteux et vous fuyez ma présence. Tout cela me rend nerveux. Je préférerais vous voir piquer des colères, trépigner, je ne sais pas, moi, chanter en travaillant! Mais au moins, pour l'amour du ciel, portez au moins quelques couleurs!

Elle éclata de rire :

– Je veux bien me mettre en colère et trépigner, mais attendez de m'avoir entendue une seule fois avant de me demander de chanter!

– D'accord, je renonce aux chansons... Mais, pour les couleurs?

– C'est vous qui faites la loi ici, monsieur Creed. La couleur que vous voudrez, sauf cerise; cela me donne l'air d'un clown...

Ils allèrent à Nags Head. De l'avis de Lyle, Thad dépensa beaucoup plus d'argent qu'il n'aurait dû. Mais il voulait tant lui faire plaisir et... comment résister! Malgré ses protestations, il insista même pour qu'elle essaye deux robes du soir; l'une était de dentelle beige, avec boléro assorti, l'autre en satin coquille d'huître, d'une ligne simple et parfaite. Elle finit par prendre les deux : il y tenait absolument.

Quand ils sortirent du magasin, il était trop tard pour déjeuner. Lyle avoua qu'elle était affamée. Thad résolut le problème en achetant un tas de choses délicieuses dans une épicerie fine, y compris une bouteille de vin rouge pour arroser le repas, et un joli panier pour l'emporter. Ils roulèrent ensuite jusqu'à la réserve naturelle de Pea Island. Mais la bruine commençant à tomber, ils finirent par pique-niquer dans la voiture.

Comme Thad insistait pour qu'elle reprenne un sandwich de saumon fumé, Lyle se mit à rire :

– Oh, Thad, c'est beaucoup trop! Est-ce que vous vous rendez compte que je ne vais plus pouvoir entrer dans les vêtements que je viens d'acheter?

Thad l'admira un instant dans son pantalon écossais flambant neuf et son chandail vert-bouteille. Il remarqua simplement :

– Et vous, est-ce que vous vous rendez compte que vous avez ri davantage aujourd'hui que pendant tout le temps qui s'est écoulé depuis que nous nous connaissons?

Son sourire disparut et elle le regarda d'un air grave, avec une expression d'étrange inquiétude.

– Lyle, qu'est-ce qui vous arrive?

Elle fit tomber les miettes qu'elle avait sur elle, plia soigneusement sa serviette, la lança dans le panier et déclara :

– Nous ferions mieux de rentrer, vous ne croyez pas? Je ne peux pas m'absenter toute la journée.

Thad la prit aux épaules et la contraignit à lui faire face.

– Lyle, écoutez-moi! J'ignore ce que j'ai pu dire pour que vous preniez tout à coup des allures de reine de tragédie. Autant que je sache, il n'est rien survenu de dramatique durant ces dernières minutes. Vous aviez l'air très heureuse, jusqu'à ce que je vous l'aie fait remarquer. Qu'est-ce qui se passe?

Il paraissait à la fois dérouté et irrité : que répondre? Comment aurait-elle pu exprimer avec des mots ce qu'elle ressentait en pensant tout à coup à ce qu'elle allait devenir quand il ne voudrait plus d'elle... Il avait une façon si insidieuse de briser toutes ses défenses, de s'insinuer dans son cœur... Il arrivait même parfois à lui donner l'impression de l'avoir épousée de son plein gré et pas du tout pour faire plaisir à Hesty.

– Vous ne vous sentez pas bien? Vous êtes malade?

– Mais non! Je ne suis pas malade! Seulement je... je... oh! Et puis fichez-moi la paix! Tout allait bien jusqu'à ce que vous ayez cette lubie de vêtements. Et pour quoi faire? Ils ne dureront pas éternellement...

– Vous connaissez quelque chose qui dure éternellement? répliqua-t-il amèrement.

Il mit le contact. La voiture bondit vers le sud. Thad, l'air renfrogné, conduisait à une vitesse folle dans le jour déclinant. Lyle, toute pâle, raide sur son siège, fixait la route droit devant elle. Le paysage défilait à vive allure : à gauche, au delà des dunes et de leur maigre végétation, l'océan. A droite, sur les marais, un écran de brouillard masquait la rade de Pamlico Sound.

Il y avait, heureusement peu de circulation. Thad, graduellement, reprit son calme et ralentit. Les dents serrées, il grommela :

– Excusez-moi.

Puis, d'un ton radouci :

– Lyle, je suis vraiment désolé. Je sais que vous êtes prise de panique, parfois, quand on veut vous approcher, quand vous vous croyez menacée dans vos retranchements. Mais je pensais malgré tout que nous étions amis... Ai-je dit quelque chose qui vous a blessée?

Lyle était un peu moins tendue maintenant, mais elle se sentait épuisée.

– C'est moi qui suis folle, Thad. Je suis tellement peu sociable! Et vous êtes de si bonne compagnie que j'avais oublié un instant à quel point notre union est provisoire.

– C'est ça qui vous inquiète? Vous souhaiteriez autre chose?

Le ton était si pressant, si étrange, qu'elle prit peur. Elle se réfugia dans le silence, craignant d'en avoir déjà trop dit.

Une gêne s'était installée entre eux, qu'elle finit par rompre.

– Je pense que vous saviez ce que vous faisiez quand vous avez déclaré que nous étions fiancés. J'avoue que sur le moment je ne l'ai pas très bien compris, et maintenant cela n'a plus guère d'importance. Mais depuis, rien n'a changé. Je n'attends pas de vous des explications : vos raisons ne me regardent pas. Je veux seulement que vous sachiez que vous pouvez avoir confiance en moi : tant qu'il le faudra, je resterai avec vous.

Lyle s'interrompit. Tout en tripotant nerveusement la lanière de son sac, elle lui jeta un coup d'œil de côté. A la lueur dorée du couchant, elle aperçut dans son regard une expression déconcertante, indéchiffrable. Il hocha la tête, puis s'absorba dans la conduite de la Mercedes. Ils arrivaient au virage de Buxton Woods : le flot des voitures qui débouchaient de la route du phare rendait la circulation beaucoup plus dense.

– Je ne vois pas très bien ce que signifie ce petit discours incohérent, dit-il, mais nous en resterons là pour le moment.

Ils n'échangèrent plus un mot jusqu'au moment où Thad arrêta la voiture devant la maison et l'aida à décharger les paquets.

Dans les jours qui suivirent, Lyle revêtit ses nouveaux atours : elle en était presque gênée. Thad ne fit pas de commentaires mais elle sentait son regard s'attarder sur elle. Un soir qu'il la regardait avec plus d'insistance que de coutume, elle se demanda s'il n'imaginait pas quelqu'un d'autre à sa place.

Comme ils finissaient de dîner, Thad déclara soudain :

– Je dois aller à Elisabeth City pour un jour ou deux. Voulez-vous venir avec moi?

Son cœur cessa de battre.

– Je ne pense pas. Je crois que je préfère rester à la maison.

Accepter Cora à distance, passe encore; de là à les voir tous les deux ensemble!

– Je ne veux pas exercer sur vous la moindre

contrainte, Lyle. J'espère seulement que vous changerez d'avis.

– Vous n'avez pas besoin de moi, Thad. Et je risquerais de rencontrer... Bon... Je vous en prie, ne me rendez pas les choses encore plus difficiles! Tout allait si bien entre nous ces jours-ci...

Thad la regardait fixement. Il pâlit, les rides de son visage s'accentuèrent :

– Qu'est-ce que vous êtes en train d'imaginer au juste? demanda-t-il sèchement.

En proie à de violentes émotions contradictoires, Lyle secoua la tête en silence. Elle articula enfin :

– Je vous en prie, Thad, j'ai un mal de tête fou. Je n'ai pas envie de discuter avec vous. Je n'irai pas, un point c'est tout! J'aime mieux rester ici toute seule.

Thad changea d'expression.

Lyle prit peur et recula.

– Seule? A moins que Johnny n'ait encore organisé une promenade en bateau? C'est vrai qu'on ne l'avait pas encore vu rôder par ici depuis notre mariage... C'est parfait! Amusez-vous bien! J'aurais dû savoir qu'une petite écolière niaise est à la merci du premier beau garçon baratineur qui jette les yeux sur elle. Mais vous auriez au moins pu attendre jusqu'à ce que...

Il s'interrompit avec un juron : ses yeux lançaient des flammes.

Jamais Lyle ne l'avait vu dans une telle colère. La bouche sèche de terreur, elle avala péniblement.

– Ce n'est pas ce que vous croyez... Johnny...

Elle ne put ajouter un mot. Comment lui dire que Johnny était tout au plus pour elle un compagnon agréable qui avait l'avantage de ne pas lui poser de questions indiscrètes sur ses sentiments envers Thad Creed?

Ils se dévisageaient en silence. Lyle sentait l'indignation monter en elle : comment osait-il lui demander de l'accompagner pour voir la femme qu'il aimait, la femme pour laquelle il allait bientôt la quitter?

Elle en avait assez de son cruel cynisme, elle explosa :

– Que le diable vous emporte! vous m'entendez? Je n'irai pas, c'est tout!

– Dans ce cas, madame Creed, je préfère vous faire mes adieux tout de suite, ça m'évitera de vous tirer de votre joli petit lit douillet demain à l'aube...

Elle n'eut pas le temps d'esquisser un geste : en un éclair il fondit sur elle et l'empoigna avec une violence qui la meurtrit. Il arracha les épingles de ses cheveux qui lui tombèrent sur les épaules et il frotta sa joue sur la peau tendre de son cou. D'une voix rauque, presque comme une plainte, il murmura :

– Mon Dieu!... je devrais...

Il s'interrompit pour prendre soudain la bouche de Lyle en un baiser furieux qui la fit défaillir. Quand il desserra son étreinte, elle vacilla. Quel regard il posa alors sur elle! Il exprimait une émotion intense qu'elle prit pour de la colère. Elle s'arracha à lui.

Il murmura :

– J'en rêve quelquefois...

Les mots sortaient avec peine de sa gorge. De nouveau il l'agrippa aux épaules avec un désir aussi brutal que l'avait été sa colère :

– Oh, Lyle... Lyle!... Qu'est-ce que j'ai fait?... je vous avais promis d'attendre,.. mais...

Elle s'écarta. Bizarrement, c'est d'elle-même

qu'elle avait peur maintenant et non plus de son mari. Il lui faisait pitié et d'une voix tremblante, elle tenta de l'apaiser :

– Tout ira bien, Thad, tout ira bien, vous verrez. C'est seulement parce que nous nous sommes mis dans une situation que nous ne souhaitions ni l'un ni l'autre...

Elle mentait pour apaiser son orgueil. Elle continua :

– Tout va s'arranger; il n'y a rien de changé, vous savez. C'est bien difficile de vivre comme ça, sous le même toit. Vous êtes un homme et... et je suis une femme... Ce sont des choses qui arrivent. Je le comprends très bien.

Elle fut totalement déconcertée par le regard qu'il lui jeta. Il tendit une main vers elle, comme pour lui caresser le visage...

Le téléphone sonna dans le vestibule. Furieux, il alla répondre et revint aussitôt.

– C'est pour vous, fit-il avec un calme apparent.

Elle le frôla pour passer la porte et perçut nettement les ondes de colère qui, de nouveau, émanaient de son corps tendu. Elle prit le combiné et répondit d'une voix mal assurée. La voix de Johnny, en revanche, sonnait clair dans l'appareil :

– Dis donc, Lyle, tu te rappelles la fille de Wanchese dont je t'ai parlé? Elle vient passer la journée demain ici, à Frisco, avec son frère... J'ai pensé que tu serais contente de faire sa connaissance...

Lyle avait la tête qui tournait : elle tentait de surmonter les émotions qu'elle venait de vivre.

– Une fille de Wanchese?

En effet, ça lui rappelait vaguement quelque chose...

– Cecie Ballance! Elle est professeur. Si tu es d'accord, on déjeunera ensemble tous les quatre quelque part. Et après, tu pourrais me rendre service en me débarrassant du frère...

– Mais...

Elle allait dire : pourquoi moi? Mais l'occasion était trop belle de faire croire à son mari que sa conduite la laissait indifférente et elle accepta le rendez-vous. Elle entendit Thad rentrer dans sa chambre en claquant la porte.

Bon, se dit-elle. J'ai gagné une bataille, mais j'ai perdu la guerre...

Lyle pensait bien qu'elle ne reverrait pas Thad avant son départ. Mais pour plus de sûreté elle traîna au lit beaucoup plus tard que d'habitude... Qu'il se débrouille donc pour le petit déjeuner!

Elle entendit gratter à la porte. Elle leva les yeux et aperçut Thad qui, timidement, demandait :

– Je peux entrer une minute?

Pour toute réponse elle hocha la tête.

– Je veux vous donner un numéro de téléphone où vous pourrez m'appeler en cas de besoin. Même deux. Si vous ne me joignez pas au premier, vous pourrez toujours laisser un message au second.

Il déposa une feuille de papier sur la table de nuit. Il ne la quittait pas des yeux. Sentant sur elle son regard insistant, Lyle remonta la couverture jusque sous son menton. La chemise en flanelle, c'était une chose, mais le nylon transparent...! Quelle idée avait-elle eue d'acheter cette chemise!

– Vous êtes bien sûre de ne pas avoir changé d'avis? demanda-t-il.

Il ajouta aussitôt :

– Ah, c'est vrai! j'oubliais que vous avez d'autres projets.

Ses yeux étaient pleins d'une tristesse dont elle ne comprenait pas la cause.

– Vous n'avez pas besoin de moi, je suppose? Je veux dire, pas dans l'état actuel des choses? lui dit-elle.

Quelles que soient les dispositions qu'il avait pu prendre en accord avec Cora, il ne pouvait de toute façon rien faire tant que Hesty serait là...

– Et pourquoi aurais-je besoin de vous? fit-il tranquillement. Je pensais qu'un moment de détente vous ferait du bien après tout ce travail dont vous êtes accablée. Croyez-moi, Lyle, quand je vous ai épousée, je n'avais pas l'intention de vous demander de remplacer indéfiniment Berthalee.

Dans un élan, elle lui prit la main et le rassura :

– Je sais bien, Thad. D'ailleurs cela n'a aucune importance. C'est même très agréable de se sentir utile... pour changer.

Il se pencha sur elle et l'embrassa. Elle n'était pas revenue de sa surprise, qu'il était déjà à la porte.

– N'exagérez pas non plus. Je serai là dès que possible.

Après son départ, qui lui parut créer un vide immense, Lyle demeura encore quelques instants au lit. Elle songeait au pouvoir que cet homme exerçait sur elle. Il pouvait la mettre hors d'elle en une seconde; mais sa tendresse apaisait en elle les plus violentes colères. Sa tendresse... Son amour peut-être? Elle se gourmanda aussitôt : « Oh, Lyle, mieux vaut ne pas compter là-dessus... » Après tout, n'avait-elle pas tort, par pur orgueil, de se refuser les joies de l'amour?

Mais aussi comment répondre à un désir qui n'était que la réaction normale de tout homme vivant avec une femme? Et comment s'abandonner en oubliant que, d'un moment à l'autre, tout pouvait être fini entre eux? Que lui en resterait-il, sinon d'amers regrets...?

Comme Thad avait emporté une valise, Lyle en conclut qu'il passerait au moins une nuit là-bas. Elle retourna donc tout naturellement chez Hesty. Dans son ancienne chambre humide, elle resta longtemps éveillée ce soir-là. En dépit de ses fermes résolutions, son imagination l'entraînait toujours vers Thad et Cora. Elle se les représentait tout proches l'un de l'autre, dans cette intimité qu'elle souhaitait désespérément avoir avec l'homme qui était officiellement son mari.

Elle se réveilla au beau milieu de la nuit : elle entendait des chuchotements et des allées et venues dans la maison. Prise d'appréhension, elle sauta de son lit et traversa rapidement le vestibule. Elle n'était pas encore arrivée dans la cuisine, qu'elle aperçut Ethel. La voix tremblante, elle s'adressait à Paméla.

– Qu'est-ce qui se passe? demanda Lyle en s'approchant des deux femmes en peignoir.

– Elle n'est pas bien, répondit Pam, laconique.

– Avez-vous déjà... Non, évidemment... Ecoutez... Je vais chez moi appeler le Dr Titus.

Elle sortit en courant, essayant de toutes ses forces de garder son sang-froid. Sur le chemin du retour, toujours courant, elle aperçut vers l'est la pâle lueur de l'aube qui blanchissait l'horizon. Eveillée en pleine nuit, elle n'avait pas eu le temps de se demander si le jour était proche. Hélas, aujourd'hui, le soleil, même à son zénith, ne saurait dissiper les ombres affreuses du malheur...

Hesty mourut peu avant midi. Lyle ne l'avait pas quittée un instant. Sa peine était grande; mais c'était sur elle-même qu'elle pleurait, du regret d'avoir vécu si longtemps loin de sa grand-tante... Elle ne pleurait pas sur Hesty qui était entrée dans la paix.

Les voisins venus exprimer leur sympathie envahirent la maison. Pour les fuir, Lyle se réfugia dans sa chambre; c'est là que Pam la trouva.

– Est-ce que quelqu'un a prévenu Thad?

– Je crois bien que non. C'est moi qui aurais dû le faire, mais je n'ai pas eu une minute pour y penser.

Lyle sortit par la porte du jardin. Il faisait froid, elle avait oublié son manteau; mais il flottait dans l'air comme un âcre parfum qui montait de la terre, s'exhalant des herbes sèches, des branches mortes et des feuilles pourrissantes; la nature entière n'attendait que la fin de l'hiver pour renaître une fois encore et faire triompher la vie.

Lyle prit le papier que Thad avait laissé sur la table de nuit. Quel numéro devait-elle appeler en premier? Aucun nom n'était indiqué. Elle en composa un au hasard.

– Allô...

Lyle connaissait cette voix...

– Cora, c'est Lyle. Est-ce que Thad est là?

Il y eut un silence; Lyle était à bout de nerfs.

– Il vient de partir il y a cinq minutes. Vous auriez dû appeler plus tôt... ou la nuit dernière. Nous n'avons pas bougé d'ici. C'est important?

Faisant appel à toute sa volonté, Lyle répondit avec calme :

– Malheureusement oui. Savez-vous où je peux le joindre?

– Il sera de retour chez vous dans quelques heures. Il aurait aimé rester plus longtemps ici, mais il n'a pas osé à cause de Hesty. Nous avons dû remettre ça à une autre fois...

La voix de Cora se fit menaçante :

– Il va me revenir, vous le savez, n'est-ce pas? On dit qu'un homme n'oublie jamais son premier amour. Thad et moi, nous avons grandi côte à côte. Je serai son premier et son dernier amour!

Sans un mot, Lyle raccrocha. Elle regardait fixement le mur, sur lequel elle voyait se dessiner le visage de cette femme qui venait de lui arracher son dernier espoir.

Mais quel espoir? Il n'y en avait pas, il n'y en avait jamais eu. C'était seulement maintenant, parce que Cora lui avait laissé entendre que Thad avait passé la nuit avec elle et qu'il ne souhaitait pas rejoindre sa femme, que Lyle se rendait compte qu'en dépit de tout elle avait laissé grandir en elle un espoir insensé.

Thad arriva vers 4 heures de l'après-midi.

Pendant deux jours, ils n'eurent pas une minute pour se parler en tête-à-tête. Medwin et Pauline étaient là. La sœur d'Ethel était venue aussi, de Hyde County : il fallait loger et nourrir tout ce monde. Des voisins complaisants avaient apporté du ravitaillement comme pour tenir un siège. Jour et nuit les gens défilaient dans la maison; lorsque Lyle et Thad rentraient le soir chez eux, ils étaient éreintés et n'avaient plus qu'une idée : dormir.

Lyle avait peine à croire que Medwin était son cousin : c'était un petit bonhomme à l'air bravache qui filait doux devant sa femme, laquelle était assez prétentieuse et snob. Un jour que

Lyle, Pam et Medwin prenaient le café à la cuisine, ce dernier demanda des nouvelles de Cora. Pam déclara aussitôt :

– Vous avez bien fait les choses, tous les deux. J'ai cru un moment que cette vieille chipie allait le harponner de nouveau.

Medwin, un peu scandalisé, intervint :

– Paméla? Je ne crois pas que Lyle ait envie qu'on parle de son mariage sur ce ton-là!

– Penses-tu! Ça lui est bien égal. Elle non plus ne peut pas voir Cora en peinture. J'aurais dû savoir que Thad ne se laisserait pas échauder une seconde fois! Et comme ça, au moins, Hesty a réalisé son rêve...

– Quel rêve? Ah! oui, tu veux parler de cette vieille histoire entre les deux familles?

Medwin était au courant du désir de Hesty d'unir les Creed et les Durant. Il demanda à Lyle :

– Est-ce qu'on sait quelque chose à propos de ce béguin qu'elle aurait eu pour le grand-père de Thad? cela expliquerait tout...

Ce fut Thad qui répondit : il était sur le seuil; personne ne l'avait entendu arriver.

– Je n'imagine pas du tout Hesty ayant eu un béguin : c'est un sentiment beaucoup trop superficiel pour elle. Si elle a aimé, ce ne peut être que d'un amour brûlant et passionné. Hesty n'était pas une femme banale et je parierais gros que, dans sa jeunesse, elle a été une vraie beauté. S'il y a eu quelque chose entre Hesty et grand-père avant son mariage, je n'en ai jamais entendu parler, mais l'idée ne me déplairait pas...

Pam intervint :

– Idiot! Comment veux-tu en avoir entendu parler? Hesty n'aurait confié ça à personne... Surtout s'il s'agissait d'un amour sans espoir.

Aucune femme, à ce qu'on dit, n'avoue jamais un amour sans espoir. Pas vrai, Lyle?

Pour une fois, l'arrivée de voisines, venues reprendre leurs plats à la cuisine, fut la bienvenue. Lyle serait morte sur place plutôt que de répondre à la question de Paméla.

9

Il fallut régler la succession. Pam, comme prévu, hérita de la maison. Ethel eut droit à tout l'argent liquide. Lyle, à sa grande surprise, reçut en souvenir un collier de perles, petit, mais d'une rare beauté; personne ne savait que Hesty possédait ce bijou.

Ethel s'était mis en tête de nettoyer la maison de fond en comble avant d'aller s'installer chez sa sœur sur le continent. Pam et Lyle la secondèrent de leur mieux. Lyle se demandait parfois pourquoi elle s'éreintait ainsi à l'ouvrage : Pam et Ethel s'en seraient très bien tirées sans elle. Elle dut reconnaître que c'était une manière d'occuper ses journées qui lui assurait la nuit un profond sommeil.

Elle voyait très peu Thad. Absorbé par la mise au point d'un important projet, il ne sortait presque plus de son cabinet de travail. Ils ne se rencontraient guère qu'aux repas.

Ethel s'en alla, Pam et Bob partirent pour South Mills courir les antiquaires : on ferma la maison. Le lendemain, désemparée, Lyle s'affaira chez elle jusqu'à l'heure du déjeuner, chassant une poussière imaginaire. Thad sortit en trombe de son bureau et vint la rejoindre à table.

Sans se soucier du potage qui fumait dans les assiettes, il se mit à fixer sa femme avec une telle insistance que Lyle, nerveuse, faillit renverser son verre.

– Savez-vous que vous avez une tête épouvantable? dit-il tout à coup.

Le visage de Lyle exprima une douloureuse stupéfaction.

– Je n'ai jamais prétendu..., commença-t-elle.

– Je veux dire une *mine* épouvantable! Vous êtes épuisée. Faites-moi voir vos mains.

Il les examina à travers la table : elles étaient rouges et on y voyait des ampoules, des écorchures et même des callosités naissantes.

– Il est temps que vous preniez un peu de repos, mon ange. Si vous vous effondrez je ne pourrai pas m'occuper de vous, surtout en ce moment. Ecoutez... Non, mangez d'abord. Il faut que je vous parle à tête reposée.

Lyle fit un effort pour avaler et ne pas mécontenter Thad. La plupart des remarques qu'il avait pris le temps de lui faire ces derniers jours portaient sur le sommeil, la nourriture ou le repos.

Le déjeuner terminé, ils s'installèrent pour prendre le café au salon.

– Bon, fit-elle, qu'est-ce que vous avez à me dire?

– Cette fois, Lyle, je vais avoir besoin de votre concours. Il faut que j'aille à Elisabeth City jeudi prochain.

Pour un peu, elle se serait mise à hurler. Tout son être se révoltait contre ce qu'il allait lui annoncer. Une voix intérieure la traitait de tous les noms pour ne pas s'être préparée à l'inévitable.

– Pourquoi maintenant? Vous avez déjà besoin de moi à ce stade ?

– Mais oui... C'est l'apothéose! vous savez bien,

ce projet sur lequel je travaille nuit et jour depuis plus de six semaines.

– Oh! dit-elle d'une toute petite voix. Bien sûr, je suis prête à vous aider. Vous n'aurez qu'à me dire ce que vous attendez de moi. Mais je n'ai jamais fait ça...

– A dire vrai, je ne vous demande rien d'extraordinaire. Il vous suffira d'être présente. Ça ne vous sera pas difficile d'être aimable avec les gens que vous rencontrerez : ils sont tous remarquables. Ils vous aimeront tout de suite, alors ne vous tracassez pas. Et puis, je serai là. Si vous vous sentez nerveuse, faites-moi du pied sous la table, je détournerai leur attention pendant que vous reprendrez vos esprits.

Elle le regardait, interdite, sa tasse de café à la main. Elle la posa en déséquilibre sur le bord d'un livre; Thad intervint d'un geste rapide pour éviter la catastrophe.

– Qu'est-ce qui vous arrive? Vous êtes pâle comme un linge! Du diable si j'ai jamais vu quelqu'un aussi effrayé par un banquet! Il n'y aura pas plus d'une cinquantaine de personnes et vous n'y rencontrerez pas la femme du président des Etats-Unis : elle s'est fait excuser...

– Un banquet! Mais de quoi parlez-vous exactement?

Sa voix se coinça dans sa gorge sur une note suraiguë :

– Mais de la pose de la première pierre, de la cérémonie officielle, du banquet, de tout le tralala qui accompagne la mise en route d'un projet de construction financé par l'Etat. De quoi d'autre serait-il question?

Elle déglutit péniblement; elle aurait aimé disparaître sous terre.

– Je pensais que... que vous vouliez commencer les démarches pour l'annulation de notre mariage, dit-elle d'une voix à peine perceptible.

– Les démarches d'annulation! Mais où diable avez-vous été pêcher ça?

– Eh bien... c'est que... plus rien ne vous en empêche.

– Seigneur Dieu!...

Il s'absorba un moment dans la contemplation de ses chaussures, puis reprit avec fermeté :

– Ecoutez... Laissez-moi le soin de m'occuper de cette histoire d'annulation. Je n'ai même pas eu le temps d'y penser avec ce projet sur le dos. Patientez un peu, voulez-vous? Pour l'instant... j'ai parlé de vous à mes amis Simpson et ils vous attendent. Je connais Luke Simpson depuis toujours. C'est lui qui préside le Comité d'Organisation et qui a été le fer de lance de tout le projet.

Lyle essayait de se remémorer quelques détails. Thad avait l'air de dire qu'elle était au courant; peut-être, en effet lui en avait-il déjà parlé. Mais elle ne pouvait pas toujours empêcher son esprit de vagabonder quand ils étaient ensemble.

Il poursuivit :

– Comme architecte, ma présence est indispensable. Et, puisque vous êtes ma femme, vous devez m'accompagner. Vous rencontrerez là des gens sérieux, ce qui ne veut pas dire ennuyeux. Je suis sûr qu'ils vous plairont et je vous promets qu'il n'y aura ni poulet à la crème ni petits pois surgelés.

Malgré le préjugé défavorable que Lyle nourrissait contre Elisabeth City, puisque c'était là qu'habitait Cora, elle n'en fut pas moins séduite au premier coup d'œil. Tout y respirait le bon goût, la quiétude, et semblait des plus attrayant, avec de belles résidences dont les vertes pelouses dégringolaient jusqu'au bord de l'eau.

Surprise d'apprendre qu'ils habiteraient chez Luke Simpson et sa sœur Evelyn, Lyle n'y avait vu aucun inconvénient, jusqu'au moment où Evelyn les conduisit à la chambre à coucher.

La belle humeur de Lyle s'envola aussitôt. Leur hôtesse à peine sortie, elle s'adressa à Thad d'un ton furibond :

– Qu'est-ce que c'est que ce piège que vous m'avez préparé?...

Elle lui désignait, furieuse, l'immense lit à deux places.

– Calmez-vous, Lyle. Il n'y a aucun complot là-dessous, je vous le garantis.

Il enleva son blouson, le mit sur un cintre et se retourna pour aider Lyle à ôter le sien.

– Je ne dormirai pas ici avec vous, Thaddeus Creed. Débrouillez-vous comme vous voudrez!

– Ne faites pas de crise de nerfs, dit-il froidement. Je n'ai pas l'intention d'attenter à votre vertu. Dormez donc sur ce machin, si vous préférez. Ça m'est bien égal!

Il lui montrait une chaise longue, fort mal rembourrée...

Elle répliqua vertement :

– Pourquoi moi? C'est vous qui avez organisé ce voyage. C'est à vous de souffrir si vous vous êtes si mal arrangé!

Les yeux brillant d'une colère froide, Thad lui saisit le bras avec une telle violence qu'elle fit la grimace.

– Nous verrons cela plus tard! Les Simpson nous attendent. Et je vous en prie : pas un regard, pas un mot qui puisse les mettre mal à l'aise, c'est bien clair? Si mes amis vous ennuient, vous n'aurez qu'à prétexter une migraine et à vous retirer.

Il la lâcha et elle se mit à caresser ses bras meurtris. Son ton l'avait bouleversée. Quant à lui, il paraissait tout à coup très abattu.

– Je vous demande pardon. Thad. C'est encore mon mauvais caractère qui me joue des tours. Je sais bien que vous ne l'avez pas fait exprès... Après tout, vos amis pensent que nous sommes mariés.

Sa colère était tombée : elle ressentait un grand vide au fond d'elle-même.

– Mais nous sommes mariés, Lyle, répondit simplement Thad.

Lyle garda de cette soirée des images décousues mais vivaces : l'acajou, l'argenterie brillante, les porcelaines de Chine, les cristaux étincelants, la cuisine raffinée et délicieuse; un bourdonnement de voix douces et aimables, des conversations d'une parfaite courtoisie. Elle fut conquise, par l'hospitalité charmante des Simpson.

Le projet des *Sunset Towers* était au centre de toutes les conversations. Lyle se rendit compte que la modestie de Thad lui avait dissimulé l'ampleur de cette entreprise. Luke Simpson délirait littéralement d'éloges sur l'intelligence des innovations de l'architecte : le confort, l'intimité, la sécurité, tout était prévu pour le bonheur de ceux qui auraient la chance d'habiter ces tours. On espérait bien qu'elles serviraient de prototypes pour en construire d'autres semblables.

Lyle remonta la première à leur appartement; elle sortait du bain quand elle entendit Thad entrer dans la chambre à coucher contiguë. Elle enfila vivement sa chemise de nuit de flanelle – elle s'était bien gardée de mettre celle de nylon transparent! Elle regrettait même de ne pas avoir emporté de peignoir de bain...

Thad avait lancé sa veste sur une chaise. Sa chemise était déboutonnée sur sa poitrine. A la vue de la chemise de flanelle, il prit son air moqueur... puis son regard descendit vers les pieds nus de Lyle, remonta lentement, s'arrêtant sur la charmante rondeur de la poitrine, sur le col hermétiquement fermé, sur la gorge...

Troublée, Lyle se détourna. Il se mit à rire. Elle s'empara du couvre-pieds et se dirigea vers la chaise-longue. Thad, en un clin d'œil, la rejoignit.

– Pas question. Vous allez dormir dans le lit, fit-il gentiment.

– Mais vous ne pouvez pas passer la nuit là-dessus! Vous allez vous briser les reins.

– Merci beaucoup! Ce n'est pas du tout mon intention!

Il lui prit le couvre-pieds des mains et le jeta derrière lui. Le couvre-pieds glissa sur le bord du lit et tomba à terre. Ils ne firent pas un geste pour le ramasser. Ils se regardaient tous les deux, absorbés dans une épreuve de force muette. Lyle était sur le point de capituler et de baisser les yeux quand il rompit la tension en demandant :

– Avez-vous admiré la vue qu'on a de cette fenêtre?

– Comment?...

Elle n'y était plus.

– Venez voir.

Il la prit par la main et elle se laissa faire. Ils s'approchèrent de la grande baie vitrée, drapée d'organdi, qui dominait la rivière. Les lumières de la ville et du pont miroitaient sur l'eau sombre comme une poignée de diamants lancés à la volée.

Ils restèrent plusieurs minutes en contemplation, dans un impressionnant silence. Lyle, tout à coup, frissonna. Thad la prit par les épaules : ils s'écartèrent de la fenêtre et se retrouvèrent à leur point de départ, devant le grand lit.

– Regardez : ce lit est immense; vous ne risquez pas d'être contaminée. Prenez un côté, je vous promets que je resterai bien sagement de l'autre.

Lyle ouvrait la bouche pour protester; il lui posa un doigt sur les lèvres.

– Non, ne dites rien, Lyle. Demain ça va être le branle-bas de combat; j'aimerais vraiment avoir une nuit de sommeil convenable avant d'affronter la meute.

Tandis qu'elle se glissait dans les draps frais, il passait de l'autre côté sans même la regarder.

– Quelle meute, Thad? Quel branle-bas de combat? demanda-t-elle.

– Une meute d'hommes d'affaires, de bureaucrates, de journalistes qui veulent tout savoir : pourquoi un tel et un tel ont décroché un contrat pour tel ou tel prix?... et qui a choisi les entrepreneurs?... et pourquoi on n'a pas invité telle ou telle personne aux cérémonies officielles?... et quand y aura-t-il une autre tranche de travaux?... parce qu'ils ont justement un bout de terrain qui conviendrait à merveille. L'argent du gouvernement, c'est-à-dire celui des contribuables, cela les attire comme des mouches. Et maintenant, chère madame, si vous n'y voyez pas d'inconvénient, j'aimerais bien faire un petit somme. J'ai rendez-vous avec Luke de bonne heure demain matin.

Il lui tourna le dos et, cinq minutes après, Lyle entendait sa respiration lente et régulière. Cette proximité, qu'elle ressentait dans tout son corps, l'empêcha longtemps de s'endormir. Sa dernière pensée consciente fut pour Cora Lambert : elle était couchée quelque part non loin de là. Cette nuit au moins, Thad était dans son lit à elle, se dit Lyle, non sans une petite satisfaction secrète.

Elle s'éveilla soudain, d'un rêve confus et quelque peu menaçant, en sentant sur elle un poids qui la gênait; un jour pâle commençait à filtrer dans la chambre. Les yeux encore tout clignotants de sommeil, elle découvrit sur l'oreiller, tout contre elle, une tête brune... Elle voulut s'écarter, mais un bras lourd lui barrait sans façon la poitrine. Elle s'efforça de repousser Thad du pied.

« HOOOOON! »... Ce fut la seule réponse... avec une ébauche de sourire ensommeillé. Thad continuait à dormir, sans bouger son bras.

– Thad! Poussez-vous un peu!... Vous êtes de mon côté! chuchota-t-elle.

Il l'enlaça plus fort, tandis qu'une jambe se plaçait délibérément en travers de ses cuisses.

– Thad! réveillez-vous, voyons! commanda-t-elle à voix basse.

Elle sentait directement la chaleur de ce corps sur sa peau : elle comprit que sa chemise s'était enroulée et avait remonté au cours de la nuit... Etendue sur le dos, elle n'eut pas le temps de comprendre ce qui arrivait : Thad, tout à coup, la faisait rouler vers lui et la tenait serrée, dans une étreinte qui ne devait plus rien au sommeil.

– Lâchez-moi! vous m'aviez promis de rester à votre place!

– C'est ce que j'ai fait, murmura-t-il la tête plongée dans ses cheveux. (Elle sentait la gorge de Thad palpiter contre sa joue.) C'est vous qui avez bougé. Le traité est rompu.

D'un coup d'œil, Lyle vérifia qu'il disait vrai. Elle fut prise de panique : ils étaient bien sur le territoire de Thad, étroitement enlacés. A la manière dont il approchait son visage de sa poitrine, elle comprit qu'il n'avait pas la moindre intention de la laisser sortir indemne de l'aventure.

– Madame Creed, savez-vous que vous êtes ravissante le matin au réveil?

Elle s'efforça de repousser les mains qui caressaient sa poitrine, de détourner la tête... Inutile : ce bras et cette jambe qui pesaient sur elle l'immobilisaient; et quand la bouche de Thad s'approcha de la sienne, elle comprit que fuir n'était pas vraiment ce qu'elle souhaitait. Thad écartait sa chemise, la déboutonnait et posait maintenant ses lèvres sur la gorge de sa femme.

– Je veux embrasser tout ce corps merveilleux, murmurait-il, la voix rauque, partout... ici... ici... et puis là... et là encore...

La tête de Lyle roulait sur l'oreiller : un immense désir, venu du fond d'elle-même, l'envahissait; des gémissements lui échappaient. Thad prit alors sa bouche... elle le sentit peser sur elle de tout son poids. Elle tenta, sans grande conviction, de protester. Mais lui, dans un souffle, chuchotait des mots tendres, des mots d'amour :

– Ma chérie, ma chérie... je sais : j'ai promis... j'ai promis d'être sage... mais... comment faire?...

Lyle avait tout oublié. Elle ne sentait plus que ce corps qui vivait intensément sur elle, n'entendait plus que le doux murmure des baisers, et...

... et soudain, la sonnerie épouvantable, éclatante, d'un réveille-matin de l'autre côté de la cloison!...

– Oh, non! gémit Thad, avec un sursaut tel que Lyle en eut le souffle coupé.

Il lâcha prise et roula de côté, lui tournant le dos.

Quand Lyle reprit un peu conscience, il n'était plus là. Luke appelait du vestibule et elle entendit Thad répondre d'une voix très étrange. Elle espéra que Luke attribuerait à l'heure matinale ce ton de fausset inhabituel...

Après ce qui venait de se passer, comment pourrait-elle désormais le regarder en face? Elle l'entendait dans la salle de bains qui prenait sa douche. Elle enfouit sa tête dans l'oreiller et quand il réapparut cinq minutes plus tard, elle fit semblant de dormir. Elle fermait les yeux de toutes ses forces, mais non pour s'empêcher de pleurer : son désarroi allait bien au delà des larmes...

D'une oreille attentive, elle épiait ses moindres gestes. Elle suivit sur le tapis moelleux le bruit feutré de ses pas et comprit qu'il se dirigeait vers la porte... Il s'arrêta et revint vers elle.

– Lyle..., est-ce que... ça ira bien?

Est-ce qu'il était inquiet? Il n'y avait plus rien, dans sa voix de moqueur ni de désinvolte...

– Lyle... regardez-moi!

Il lui toucha l'épaule : elle se retourna, méfiante :

– Je vais bien! Parfaitement bien! lança-t-elle en un cri étouffé.

Thad avait l'air tout à la fois déconcerté et ému. Dans un geste qui la surprit, il la saisit par les épaules et l'attira à lui; elle se retrouva à genoux sur le lit.

– Ne me faites pas ça, Lyle, dit-il d'un ton suppliant.

– Qu'est-ce que je ne dois pas faire? Vous ne

savez plus ce que vous dites! C'est vous qui étiez sur le point de...

– Sur le point de... quoi? Ça suffit comme ça, Lyle! Vous n'étiez pas moins ardente que moi tout à l'heure. Cette fois... si le réveil de Luke n'avait pas sonné...

– C'était la catastrophe, n'est-ce pas, monsieur Creed? Un divorce c'est tellement plus compliqué qu'une annulation de mariage! Quelle chance pour vous que ce réveil!

Sa voix tremblait, elle avait les yeux pleins de larmes. Thad lui serra les bras avec force.

– Oh, Lyle!

Il la lâcha et se détourna, les épaules voûtées, comme en proie à une grande souffrance :

– Ce n'est jamais le moment opportun, jamais la manière souhaitée. Parfois je me demande si nous sortirons un jour de cette situation absurde.

Elle n'eut pas le temps de répondre : Luke appelait. D'ailleurs, qu'aurait-elle pu dire?

Thad sortit sans un regard en arrière.

En fin d'après-midi, Lyle se détendait dans son bain parfumé lorsqu'elle entendit Thad rentrer. Toujours au bon moment! se dit-elle avec une petite grimace. Elle fit l'effort de l'accueillir comme si rien ne s'était passé et lui cria :

– J'ai fini dans cinq minutes!

– Ne vous pressez pas, je vais prendre ma douche chez Luke.

Lyle entendit la porte se refermer et se dépêcha de s'habiller. Elle mit sa robe du soir sans manches, en satin nacré coquille d'huître, et s'admira dans la glace : c'est alors seulement qu'elle remarqua les bleus dont ses bras étaient marbrés. Thad entra juste à ce moment-là.

– Que vous êtes belle!... commença-t-il.

Puis, presque sans voix :

– Oh, non!... c'est moi qui vous ai fait ça?

Lyle fut profondément émue par son air contrit et repentant.

– Ce n'est rien. La moindre chose marque sur ma peau, c'est tout.

– *C'est tout*! Je vous ai brutalisée, pour un peu je vous aurais cassé les bras, et vous dites que ce n'est rien! Je ne peux pas supporter de vous voir meurtrie comme ça... et de penser en plus que c'est mon œuvre!

– Thad, taisez-vous!

Par un curieux renversement de situation, c'était elle à présent la plus forte; c'était elle qui devait consoler cet homme robuste, ce grand gaillard qui était là, tout piteux devant elle.

– Ecoutez : dès que je me cogne à un meuble, je suis couverte de bleus; cela ne me fait pas mal pour autant... La peau des rousses est très délicate. Mais il est tard et vous n'avez pas fini de vous habiller. Venez ici que je vous aide.

Elle attrapa la cravate qui était tombée sur le lit et revint vers lui :

– Boutonnez votre chemise et laissez-moi vous mettre votre cravate : je sais très bien faire ça. Quand j'étais petite, je montais sur une chaise pour nouer celle de mon père. C'était le bon temps, avant qu'il ne soit devenu une vedette : il ne pouvait pas encore se payer un habilleur. Maintenant, penchez-vous un peu... Hum!... Comme vous sentez bon!

Elle n'en revenait pas de se sentir aussi à l'aise avec lui. Elle y avait mis le temps!

Elle avait l'impression étrange de jouer à la maman. Ça devrait être merveilleux se dit-elle, de se sentir à la fois la mère, l'enfant, la maîtresse, et l'amie de son mari! Comme ce serait merveilleux si... mais, suffit! Inutile de rêver... Elle se contraignit à revenir à la réalité et à penser aux festivités prévues pour la soirée.

– Mais... qu'est-ce que vous allez faire? demanda-t-il en regardant ses bras meurtris.

Lyle avait déjà trouvé la solution.

– C'est très simple : vous vous souvenez de mon boléro de dentelle beige? On dirait qu'il a été fait exprès pour aller avec cette robe. Attendez, vous allez voir...

Elle l'enfila rapidement. Et en effet, l'ensemble était d'une rare élégance...

Ils étaient prêts à descendre.

– Lyle... Savez-vous que vous êtes vraiment très belle? dit-il avec admiration. Vos cheveux..., j'adore cette espèce de chose que vous avez mis pour les tenir.

Cette « espèce de chose » était un splendide peigne d'écaille véritable qui avait appartenu à Hesty. Quand elles s'étaient partagé les affaires personnelles de leur grand-tante, Pam avait insisté pour que ce soit Lyle qui le garde en souvenir.

– Merci, Thad. Je vous trouve très élégant aussi...

Il s'approcha d'elle et respira le parfum qu'elle avait vaporisé sur sa tête et ses épaules :

– Vos cheveux sentent bon, fit-il d'un ton si pénétré que le cœur de Lyle chavira.

– Ce ne sont pas mes cheveux, c'est mon parfum, répliqua-t-elle.

– Non, ce sont vos cheveux. Je n'oublierai jamais l'impression qu'ils ont faite sur moi quand je les ai vus pour la première fois. Vous vous souvenez? Ils avaient déjà cette odeur, qui ne cadrait pas du tout avec votre accoutrement d'avant le déluge et vos manières collet monté.

Elle plongea son regard dans le sien et en fut tout émue : il était dangereusement proche, dangereusement convaincant. Elle prit ses gants, sa petite pochette de soirée et se ressaisit pour dire d'un ton bref :

– Dépêchons-nous. On nous attend.

– Lyle, promettez-moi de ne jamais couper vos cheveux!

– Oh, Thad, qu'est-ce que ça peut faire!

– Promettez-le-moi!

– Bon, d'accord, acquiesça-t-elle d'une voix mal assurée. Mais allons-y, maintenant.

Les discours furent brefs. Lyle jugea même trop bref celui de Thad. Quel excellent orateur! se dit-elle, s'émerveillant de découvrir un don de plus chez cet homme qu'elle avait épousé pour ainsi dire sans le connaître.

Sans le connaître, peut-être, mais non sans l'aimer. Cette évidence s'imposait à elle avec plus de force que jamais tandis qu'elle dansait avec lui, après le banquet. La lumière était tamisée, la musique douce et enivrante : Lyle était sur la piste, dans les bras de Thad... Elle en vint à se féliciter des heures ingrates qu'elle avait passées jadis au cours de danse, sous la férule rébarbative de Mlle Arva Picler.

– A quoi pensez-vous? lui demanda Thad à l'oreille.

Lyle eut un rire étouffé :

– Un-deux! Un-deux-trois! Mademoiselle Camden! ce ne sont pas les vendanges... vous n'êtes pas en train de fouler le raisin!

Il se mit à rire si fort que les danseurs se retournèrent sur eux. Lyle s'en moquait éperdument. Heureuse comme jamais, elle trouva même très drôle de se mettre à fredonner, faux comme d'habitude, rien que pour le plaisir d'entendre Thad lui demander si elle devenait folle.

L'éclairage changea: c'était la pause pour les musiciens. A regret, Lyle et Thad regagnèrent leur table.

– Vous êtes une cavalière délicieuse, madame Creed, tant que vous vous abstenez de chanter, déclara Thad en s'asseyant.

Ils avaient choisi un coin tranquille, un peu à l'écart.

– Si vous commencez à m'insulter, monsieur Creed, je vais exiger une autre coupe de champagne. Il me faudra un calmant pour supporter ma douleur!

Peut-être avaient-ils déjà un peu trop bu l'un et l'autre. Lyle était résolue à s'abandonner totalement à la douceur, au charme de cette soirée, à profiter de chaque seconde pour y puiser la force d'affronter la dure réalité. A plusieurs reprises, dans la journée, elle avait discuté avec sa petite voix intérieure qui essayait de la convaincre d'oublier Cora, d'accepter ce que Thad lui offrait – et qu'elle désirait tellement elle-même; de vivre toute une vie, toute sa vie, pendant les quelques semaines – ou les quelques jours où elle serait encore avec lui.

A côté d'eux un couple attendait, bras dessus bras dessous, que la musique reprenne; Thad alla les saluer et revint en leur compagnie pour faire les présentations.

– Chérie, je te présente Charles et Eva Blane. Mes amis, voici ma femme, Lyle.

Lyle prit la main que lui tendait Charles Blane, tout en rendant à Eva son sourire. Quelque chose la frappa dans le visage de cette jeune femme, une vague ressemblance avec quelqu'un. Mais avec qui?

– Charles est le maître d'œuvre de nos *Sunset Towers*, Lyle; ces derniers mois il a eu beaucoup à supporter ma présence...

– Ne l'écoutez pas, madame Creed !... Peut-être que la prochaine fois vous pourrez...

Quelqu'un lui coupa la parole. Une voix familière s'écriait :

– Alors, c'est ici que vous vous cachez tous! Comment as-tu pu échapper si vite à la foule des officiels, mon chéri? Si j'avais su que tu étais là, je serais venue plus tôt...

Sans prêter la moindre attention à Lyle, Cora s'était déjà emparée du bras de Thad. Pour Lyle ce fut comme si la terre venait de s'ouvrir sous elle; figée sur sa chaise, les yeux rivés au sol, elle était incapable d'émettre un son. Sous la nappe blanche elle apercevait la jupe de soie écarlate de Cora et une paire de chaussures noires qui se rapprochaient.

– Lyle ma chère, regardez qui je vous amène. Quelle chance nous avons eue de nous rencontrer, vous ne trouvez pas?

Avant même de lever les yeux, Lyle savait que c'était Stan. L'accent de triomphe de Cora prouvait qu'elle avait désormais tous les atouts dans son jeu.

– Salut, Lyle... Content de te voir, marmonna Stan, un peu gêné.

On fit les présentations. Lyle souriait, comme si elle avait le visage en bois. Thad toisait le jeune homme : visiblement son nom lui rappelait quelque chose.

– Tu sais, chéri, dit Cora, il faut que je remercie ta petite Lyle de m'avoir fait connaître ce type épatant. Ma foi, si ce n'avait pas été pour ta femme, je crois bien que... Mais suis-je bête! Elle n'était pas encore ta femme à ce moment-là, n'est-ce pas?

Elle se mit à rire et entraîna Thad sur la piste de danse, laissant lourdement entendre que Lyle et Stan devaient avoir beaucoup de choses à se dire.

Les Blane aussi se mirent à danser; par-dessus l'épaule de son mari, Eva adressa un sourire à Lyle. Et... la lumière se fit dans l'esprit de Lyle : c'était à Cora qu'Eva ressemblait! Thad lui avait bien dit que Cora avait une sœur.

Lyle se laissa conduire sur la piste par Stan. Mais sa pensée et ses regards restaient fixés sur le couple exceptionnel qui évoluait à l'autre bout de la salle : Thad était vraiment splendide en tenue de soirée; on aurait dit que son visage aux traits rudes n'était là que pour souligner l'insignifiance de tous les autres hommes.

– Tu es superbe, Lyle! Comment as-tu fait pour changer à ce point?

– Toi, Stan, tu n'as pas changé : tu es toujours plein de tact et de délicatesse...

Il y a quelques mois, Lyle aurait été crucifiée par la stupide maladresse de Stan... Comme cette Lyle-là était loin ce soir!

– Depuis combien de temps es-tu mariée? Je n'étais pas au courant. Ça a l'air de te réussir.

– Oh! il n'y a pas longtemps...

Elle n'avait pas la moindre envie de parler de son mariage. Elle n'avait d'ailleurs pas envie de parler du tout : Cora avait passé un bras autour du cou de Thad et posé la tête sur sa poitrine.

– Raconte-moi un peu ce que tu deviens, Stan. As-tu des projets? Ça marche bien en ce moment, ou en es-tu réduit à tirer les cordons de sonnettes pour trouver du travail?

Elle le regardait d'un air enjôleur, espérant que Thad verrait son manège...

Pour Lyle, l'ambiance de la soirée s'était tragiquement altérée : l'éclairage lui semblait brutal, la musique discordante. Elle se sentit prise de migraine en voyant Thad et Cora plaisanter amicalement avec des gens qui leur étaient évidemment familiers à tous les deux. Stan était sa seule planche de salut : comme s'il sentait que quelque chose allait mal, il resta constamment près d'elle.

Il était plus de 2 heures du matin quand Thad reparut et l'invita à danser.

– Vous pourriez le demander poliment, grommela-t-elle en le suivant à contrecœur sur la piste.

La tête lui tournait pour de bon.

– Vous êtes ma femme, non? Ou bien, est-ce que ça vous arrange de l'oublier?

– Je ne vois pas très bien la différence que ça fait pour vous.

Elle se sentait lasse et regrettait d'avoir accepté cette danse.

– Alors essayez de comprendre. Faites encore un petit effort. Je n'aime pas beaucoup que ce qui est à moi passe entre toutes les mains!... Depuis combien de temps connaissez-vous ce Merrill?

– Assez longtemps.

Thad la serra brusquement si fort qu'elle faillit trébucher.

– Combien de temps? D'après Cora, vous vous connaissiez très, très bien. Pourquoi me l'avez-vous caché? Qu'est-ce que vous aviez en tête?

Oh! Qu'elle le détestait! Qu'elle haïssait aussi son propre corps qui se rivait à lui, qui recherchait sa force chaleureuse, alors même qu'il la torturait impitoyablement.

– Pourquoi ne demandez-vous pas à Cora puisqu'elle sait tout? En tout cas, tout ce qui vous intéresse.

– Seriez-vous jalouse, par hasard?

Il la fixait intensément, les yeux dans les yeux, comme s'il cherchait à lire au plus profond d'elle-même.

Lyle détourna la tête : elle ne voulait pas qu'il puisse lire dans ses yeux l'immense désespoir qu'elle ressentait.

– A titre de renseignement, grommela Thad les dents serrées, Cora habite avec sa sœur et son beau-frère et comme celui-ci est le maître d'œuvre des travaux, il ne m'est guère possible de la fuir tout à fait.

– Mais voyons! Et pourquoi la fuiriez-vous?

La musique s'arrêtait : elle lui adressa un sourire suave.

– Stan m'a retenue pour la prochaine danse; si vous voulez bien avoir la gentillesse de m'accompagner, je pourrai m'entendre avec lui pour que nous passions le week-end ensemble. Comme cela, vous serez tout à fait libre de consacrer le temps qu'il vous plaira à votre cher maître d'œuvre...

L'étau se resserra sur son bras : demain elle aurait quelques bleus de plus! Mais Thad n'eut pas le temps d'exprimer autrement sa colère : Luke Simpson avait surgi à côté d'eux.

– Nous partons, Thad. Mais restez, surtout! Ne vous dérangez pas pour nous.

Lyle aperçut Stan à quelques pas; elle courut à lui et l'entraîna sur la piste.

– Est-ce que tu as de l'affection pour moi, Stan? chuchota-t-elle d'une voix rapide.

– Si j'ai de l'affection pour toi? Mais bien sûr,

Lyle! Qu'est-ce qui mijote dans cette jolie tête rousse?

– Est-ce que tu m'aimes assez pour me prêter ta voiture?

Un plan se dessinait petit à petit dans sa tête, qui paraissait logique à son esprit en ébullition. Il lui fallut deux danses et une coupe de champagne pour persuader Stan d'abandonner sa voiture au bas de la rue où habitaient les Simpson, avec les clés sous le capot.

Cette nuit-là, Lyle exigea de coucher sur la chaise longue. Thad, les lèvres pincées, l'œil furibond, ne discuta même pas. Dès qu'elle entendit le souffle régulier de son mari endormi, Lyle se leva, s'habilla, sans bruit, mit sa chemise de nuit et ses affaires de toilette dans son sac de voyage. Elle ne prit pas la robe de jersey nacré : elle ne voulait plus la voir. Elle se glissa hors de la maison comme un voleur. En son for intérieur, elle demandait pardon aux Simpson de les quitter ainsi : il faudrait qu'elle leur écrive pour s'excuser, mais... quelle excuse invoquer?

Quelques minutes plus tard, dans la Mustang de Stan, elle franchissait le pont de Pasquotank River. Son esprit revenait sans cesse au bref et brutal dialogue qu'elle avait eu avec Thad en rentrant. Cora s'était chargée de lui décrire, de façon imagée, comment elle avait rencontré Lyle et Stan, la veille de Noël, logeant au même motel et courant ensemble les magasins pour choisir une robe. Maintenant qu'elle n'avait même plus la moindre chance de préserver des relations amicales avec Thad pour le temps de leur mariage provisoire, Lyle avait décidé de partir. Elle ferait savoir à Thad, par l'intermédiaire d'un avocat, où il pourrait la joindre.

Pendant qu'elle ruminait ces pensées, elle était

arrivée à la maison. (Elle n'osait plus dire *ma* maison...) Quelle erreur elle avait commise, de s'attacher ainsi à cette belle demeure, quelle peine elle aurait de la quitter! Mais la tragique malchance d'être tombée amoureuse de son propriétaire était une blessure infiniment plus grave, une blessure qu'elle porterait au cœur pendant longtemps!...

Elle eut vite fait de rassembler ses affaires, d'autant qu'elle ne voulait rien emporter de ce que Thad lui avait offert. Elle n'avait pas pris la peine d'allumer le chauffage et s'aperçut tout à coup qu'elle grelottait, autant de froid que de fatigue. D'énervement aussi sans doute. Elle alla fouiller dans la cuisine, cherchant un morceau de fromage pour reprendre quelques forces. Et pourquoi ne pas prendre un bain chaud?... Mais oui! ce n'était pas le moment d'attraper un rhume.

Tandis qu'elle préparait son bain elle ruminait toujours les événements des dernières vingt-quatre heures. Comment Thad avait-il pu faire confiance à cette sorcière? Les manœuvres de Cora étaient tellement cousues de fil blanc! Fallait-il qu'il soit aveugle pour croire qu'elle, Lyle, était capable du pire! Est-ce qu'elle lui avait jamais donné la moindre raison de douter de sa parole? Moins que Cora, en tout cas...

Plus elle y pensait, plus elle sentait monter en elle la colère. En attendant que la baignoire se remplisse, elle allait et venait, jetait ses affaires de toilette en tas sur une chaise pour ne pas oublier de les emporter. Elle s'arrêta devant le miroir et contempla son image.

« Vous embellissez de jour en jour, Lyle Camden, Lyle Creed!... » « Pour l'amour de Hesty, Lyle... » « Vous pouvez me faire confiance,

Lyle... » « Comme vous êtes belle ce soir, Lyle! » « Vos cheveux, Lyle!... »

De quoi rire. A cette minute, tous ces mots tendres ne tenaient plus devant les injures dont il l'avait accablée ce soir.

« Vos cheveux, Lyle !... » Eh bien, elle allait s'en occuper de ses cheveux!

Sans une seconde d'hésitation, elle s'empara d'une paire de ciseaux et défit sa chevelure, la saisit à pleine poignée, et commença le massacre...

Quand Lyle regagna la salle de bain, de splendides mèches d'un roux éclatant jonchaient le sol au pied de la commode. Elle entra dans la baignoire sans un coup d'œil à la glace.

Elle balançait la tête de côté et d'autre, de plus en plus surprise : cette sensation d'avoir les cheveux courts, voilà des années qu'elle l'avait oubliée!... Bon début pour une vie nouvelle. Et cette fois, pas question de manquer de vigilance! Ah, non! elle n'était plus la petite fille écervelée, sans expérience, capable de perdre la tête devant le premier homme qu'elle rencontrerait...

Lyle resta dans le bain jusqu'à ce que l'eau commence à refroidir. Elle se leva alors, ouvrit le rideau de douche et s'empara d'une serviette. Quel avantage de n'avoir plus à attendre des heures que ses cheveux sèchent! Les laver, les peigner, rien d'autre!

Le glouglou de la baignoire qui se vidait couvrait tout autre bruit. Tout à coup Lyle sursauta : la porte venait de s'ouvrir brutalement.

Si elle pensait avoir déjà vu Thad en colère! Elle resta là à le regarder, sans un mouvement, comme un lapin pris dans les phares d'une voiture. Dans son émotion, la serviette lui glissa des mains.

– Mais qu'est-ce que vous...

Incrédule, il regardait ses cheveux.

Lyle, glacée, incapable de faire le moindre geste, était livide. Elle glissa, perdit l'équilibre et se raccrocha au rideau : elle entendait sa propre respiration comme si ce bruit de soufflet venait d'une autre poitrine...

– Oh! mon petit, ma petite folle, qu'as-tu fait de toi? fit Thad, bouleversé.

– Fichez-moi la paix, bégaya-t-elle, la voix rauque. Pourquoi êtes-vous venu?

Elle se mit à l'injurier, le visage ruisselant de ses larmes mêlées à l'eau qui dégoulinait de sa tête.

– Allez-vous-en!... Laissez-moi tranquille! Vous m'entendez?

Elle se cramponnait au rideau de la douche, essayant de s'en couvrir, tout en faisant de vains efforts pour rattraper sa serviette qui gisait à terre... Et lui était là, immobile, à la regarder!

– Au moins, dites quelque chose! hurla-t-elle d'une voix suraiguë à travers les sanglots qui l'étouffaient. Pourquoi n'avez-vous pas amené votre premier et dernier amour? Vous auriez dû les inviter tous pendant que vous y étiez, on aurait pu...

– Tais-toi maintenant, ma chérie.

La voix de Thad était si tendre que Lyle sentit ses forces l'abandonner : elle s'effondra à genoux sur le carrelage mouillé, gémissant comme un animal blessé. Des mains douces et fortes l'aidèrent à se relever. Alors elle pleura, elle pleura de toutes les larmes de son corps... Elle pleurait pour tout l'amour qu'elle se sentait au fond du cœur et dont personne ne voulait, elle pleurait pour les paroles injustes et cruelles qui l'accablaient partout et toujours, où qu'elle aille, quoi qu'elle fasse...

Thad la prit dans ses bras comme une enfant : elle était nue, ruisselante. Il sortit de la salle de bains en poussant la porte du pied.

– Je suis... je suis... comme... comme Jonas, gémit-elle.

– Qui peut savoir ce que tu es, ma douce chérie? Pour moi, je sais seulement que je t'aime comme un fou, que toute ma vie est de t'aimer, et que tu devrais cesser de me fuir...

Avec précaution, il la déposa sur le lit, remonta sur elle la couverture, puis resta simplement à la contempler.

Sous son regard, Lyle se sentait honteuse et misérable; honteuse de ses cheveux coupés, de ses yeux rouges inondés de larmes, de son menton qui tremblait. Elle fixait, hébétée, un des boutons de la chemise de flanelle noire de Thad... Elle mit plusieurs secondes à réagir à ce qu'il venait de dire. Mais, soudain, ses paroles l'atteignirent : elle eut un sursaut, renifla, et leva les yeux vers lui :

– Qu'est-ce que vous avez dit? murmura-t-elle, la voix brisée.

– Tu as très bien entendu, bougonna-t-il en la rejoignant sous la couverture.

Il se tourna vers elle, le menton appuyé sur la main.

– De ma vie je ne me suis donné tant de mal pour un si piètre résultat. Je t'en prie, ma petite fille, cesse de fuir, cesse de te cacher derrière ton éternel bouclier, de te sauver devant moi, comme si je menaçais ta précieuse sécurité. Il est grand temps que tu deviennes adulte et que tu te conduises comme une femme, tu ne crois pas?

Elle eut un regain de colère :

– Et comment est-ce que je me suis conduite jusqu'à maintenant?

Dans son indignation, elle se mit sur son séant. Sentant l'air frais sur sa peau, elle se rappela qu'elle était nue et remonta la couverture sous son menton.

Sans un mot, Thad abaissa la couverture. Puis tranquillement, il déclara :

– Si vous avez froid, Lyle, je vais pousser le chauffage. Mais quand je dis que vous vous cachez, c'est aussi de ces gestes-là que je veux parler...

Lyle se recoucha, ne le quittant pas des yeux : il lui semblait le voir pour la première fois. C'était vrai d'ailleurs qu'il ne s'était encore jamais montré sous ce jour avec elle : cette fermeté et cette douceur tout à la fois! Elle en frissonnait d'appréhension et de bonheur.

– Qu'est-ce que vous avez dit tout à l'heure? demanda-t-elle en un souffle.

– Que vous vous cachez.

– Non... avant?

– Que je t'aime. Tu ne le savais pas?

Il hochait la tête, l'air moqueur, tandis que, d'un doigt caressant, il dessinait la courbe de ses lèvres.

– Mais tu... vous ne m'aimiez pas quand vous m'avez épousée, dit-elle, stupéfaite, d'une voix à peine audible.

– Bien sûr que si. Lorsque j'ai proclamé nos fiançailles, peut-être n'étais-je qu'à mi-chemin. Mais, dès que je t'ai prise sous mon aile, dûment et officiellement baguée et enregistrée, je savais parfaitement que c'était pour toujours.

– Mais... et Cora?

Elle prononça ce nom avec répulsion; c'était comme si elle faisait pénétrer tout à coup cette étrangère dans la chaude intimité de leur amour auquel, enfin, elle commençait à croire.

– Je vais essayer de t'expliquer... je suis sûr que tu vas me comprendre, commença-t-il avec conviction.

Sous la couverture, sa main la caressait si voluptueusement qu'elle avait toutes les peines du monde à fixer son attention sur ce qu'il lui disait.

– Il fut un temps, je suppose, où j'étais très épris de Cora. Quand elle m'a quitté pour Bill Lambert, j'ai décidé que j'en avais fini avec les femmes, que je n'aurais plus que des aventures passagères. Puis, tu es venue... Tu n'étais pas du tout le style de fille avec qui on a une aventure. Cela ne m'empêchait pas de te désirer... c'était là le problème! Tu es bien la fille la plus exaspérante, la plus mystérieuse, la plus bourrée de contradictions qui soit au monde... tu ne le sais pas? Enervante, excitante, et soudain, hop! disparue derrière ton mur... Cora n'a rien compris. Il fallait bien que je continue à la voir puisque je travaillais avec Charles. Mais en fait, quand Cora a tenté de revenir vers moi, je me suis réfugié chez les Simpson.

Il sourit et l'embrassa sur le bout du nez.

– Je suis l'homme le plus pacifique du monde, ma douce Lyle, sauf quand je te vois avec Stan Merrill.

Sa voix s'était faite plus grave; Lyle fut émue par sa jalousie manifeste.

– Stan n'est rien pour moi, tu le sais bien, murmura-t-elle, jouant toujours avec son bouton.

Impatient, il se déboutonna tout à fait et lança sa chemise à travers la chambre. Il s'attaqua à la ceinture de son pantalon : il eut un coup d'œil vers elle... Elle rougit et se tourna vers le mur. Ce qui ne manqua pas de le faire rire de bon cœur...

Un instant après, il se glissait dans le lit. Lyle sentit tout contre elle sa chaleur et sa force.

– Dès que j'ai vu que tu étais partie, j'ai couru après Merrill : il m'a raconté en détail vos relations. J'ai bien peur qu'il tienne plus à toi que tu ne le penses. Le pauvre...

Il la retourna vers lui et effleura ses lèvres d'un baiser doux comme un papillon.

– Cessons de parler, si tu veux bien, ma chérie. Ce que j'ai à te dire maintenant est beaucoup plus important; et... cela ne peut pas s'exprimer avec des mots...

Les lèvres de Thad descendirent vers ses seins, allumant en elle un violent désir. Lui serrant la tête très fort contre sa poitrine, elle se mit à lui dire son amour... Puis sa voix ne proféra plus que des mots sans suite, de douces plaintes qui trahissaient son plaisir, tandis qu'il l'emmenait passionnément d'émoi en émoi. Et quand il fut sur elle, leurs regards brûlants rivés l'un à l'autre, il murmura tendrement :

– Mon amour, bien-aimée, n'aie pas peur, je ne te ferai aucun mal. Tu représentes pour moi plus que tout au monde et je vais m'efforcer d'obtenir que tu m'aimes la moitié autant que je t'aime.

Chaque mot était ponctué de baisers à la fois légers et audacieux, tandis que ses mains magiques la parcouraient tout entière. Elle avait envie de crier sous la force du désir qui montait et menaçait de les anéantir tous les deux l'un dans l'autre...

Lyle fut longtemps à se remettre de cette chute vertigineuse dans l'abîme de délices qu'elle venait de découvrir. Inerte, la tête sur la poitrine de Thad qui n'avait pas relâché son étreinte, elle murmura timidement :

– Thad, qu'est-ce que les Simpson vont penser de moi?

Il sourit malicieusement, sans ouvrir les yeux :

– Que tu es très belle, mais un petit peu folle!

– Belle!

Consternée, elle porta la main à sa tête déplumée : elle avait tout oublié.

– Oh, Thad, je dois être affreuse! Comment peux-tu encore me regarder?

– Tu es très belle, dit-il en passant son menton dans les boucles frisées. Je suis capable de voir plus loin que la joliesse superficielle, mon amour : avec cette coiffure, tu ressembles à un ange... Ce qui ne veut pas dire que je souhaite en ce moment avoir un ange dans mon lit...

Les paupières mi-closes, il la regardait. Lyle ne pouvait plus se tromper sur l'expression qu'elle déchiffrait. Il s'étendit sur le dos et ajouta avec une infinie tendresse :

– Ton amour emplira toute ma vie, ma chérie... Et maintenant si tu le désires aussi, rejoignons-nous à nouveau dans le silence... Veux-tu?

5

ANNE HAMPSON

Le carnaval des cœurs

Ah ! Il s'est permis de dire
qu'elle ne sait pas jouer la comédie !

Clint Fraser, le célèbre auteur dramatique, beau et méprisant, s'est installé aux Caraïbes pour travailler sur un yacht de rêve. Déguisée en vieille gouvernante, Karen va tenir auprès de lui le plus beau rôle de sa carrière.

Mais ce qu'elle n'avait pas prévu, c'est qu'il lui faudrait jouer deux rôles à la fois...

Comment sortir de ce tourbillon de mensonges et de passion ? Elle est déjà envoûtée corps et âme...

Jamais elle n'osera lui avouer la vérité.

Duo

7

DOROTHY VERNON

L'éveil du cœur

Est-ce le hasard ou le destin
qui a amené Abigail à franchir le seuil
de ce merveilleux magasin d'antiquités ?

Chose étrange, son propriétaire,
Guy Anderson – aussi réputé dans
sa profession que célèbre par ses conquêtes –
n'a pas hésité un instant à l'embaucher
comme assistante, malgré sa jeunesse
et son incompétence.

Dans cette caverne d'Ali Baba,
Abigail va découvrir des trésors inattendus,
... et toute sa vie va en être bouleversée.

Mais ce qu'elle va découvrir surtout,
c'est sa propre nature, c'est un tempérament
de feu que le regard ardent de Guy
va mettre en ébullition.

8

JOANNA SCOTT

La rose obscure

Comment peut-on se réveiller,
un beau matin, mariée sans le savoir,
et sans savoir avec qui ?

C'est pourtant ce qui va arriver
à la très sage Laura, chargée d'entretenir
les plantes de la Société Lattimer,
à San Francisco.

Enflammée par le premier baiser
qu'il lui a donné par surprise, Laura
est tombée éperdument amoureuse
de David, le fascinant et mystérieux
employé du service du courrier. Mais
elle va s'apercevoir qu'elle est mariée
à Jonathan, l'odieux, le détestable,
le tout-puissant Jonathan Lattimer...

Pourra-t-elle, dans les bras de Jonathan,
retrouver David? Elle l'espère encore,
envers et contre tout...

Déjà parus

Septembre
1 ANNE HAMPSON **Prisonnière dans l'île**
2 BROOKE HASTINGS **Le feu du désert**
3 RENA McKAY **Piège pour Cécilia**
4 FERN MICHAELS **Le lasso d'or**
Octobre
5 ANNE HAMPSON **Le carnaval des cœurs**
6 DIXIE BROWNING **La Cendrillon des mers**
7 DOROTHY VERNON **L'éveil du cœur**
8 JOANNA SCOTT **La rose obscure**

A paraître

Novembre
9 PATTI BECKMAN **Le vagabond et le milliardaire**
10 DONNA VITEK **Sortilèges à Capri**
11 BROOKE HASTINGS **L'amour à vendre**
12 TESS OLIVER **Au jardin de mon cœur**
Décembre
13 ANNE HAMPSON **Heureuse victime**
14 LINDA WISDOM **Danser dans l'ombre**
15 SONDRA STANFORD **Tendre Julie**
16 LETITIA HEALY **Orage d'été**

Duo

Achevé d'imprimer
sur les presses de l'imprimerie Brodard et Taupin
7, Bd Romain-Rolland, Montrouge.
Usine de La Flèche,
le 20 août 1981
1969-5 Dépôt Légal 3e trimestre 1981
ISBN : 2 - 277 - 80006 - 6
Imprimé en France

31, rue de Tournon, 75006 Paris

diffusion
France et étranger : Flammarion, Paris
Suisse : Office du Livre, Fribourg
Canada : Flammarion Ltée, Montréal